KB153397

다
하
지
못
한
말

다 하지 못한 말

ⓒ임경선, 2024

초판 1쇄 발행 | 2024년 3월 20일
초판 7쇄 발행 | 2024년 10월15일

지은이 | 임경선
펴낸곳 | 토스트
편집 | 김정희
디자인 | 형태와내용사이
제작 | 영신사

출판등록 | 2021년 1월 7일 제2021-000002호
이메일 | slowgoodbye@naver.com

ISBN 979-11-973465-2-1 03810

다
하
지
못
한
말

임
경
선
소
설

차례

사람들이 내게 자신들에 관한 글을 써달라고 가끔 부탁
해오면 저는 이렇게 대답합니다.
"그럼 우선 먼저, 내 마음을 아프게 해보세요."

_로버트 글릭, 〈파리 리뷰〉 2023년 가을 호 인터뷰 중

누군가는 열애 중

누군가의 열애 소식을 들었어. 바람이 부드럽고 따스한 게 이제 완연한 봄 날씨였어. 과 사람들 중 생일을 맞은 사람이 있어 오늘 점심은 다 같이 나가 먹기로 했어. 예전에 신문사가 입주해 있던 낡은 빨간 벽돌 건물에 있는 식당까지 걸었어. 날이 화창해 테라스 테이블에 자리를 잡았지. 내가 시킨 당근라페 샌드위치는 한 입 베어 물 때마다 채 썬 당근이 삐져나와 나는 사람들의 대화에 섞이지 못했어. 당신도 알다시피 식사할 때 나는 말수가 별로 없어. 그런데 유독 그 한마디가 내 귀에 걸렸지.

열애 중이라는 그 누구는 반년 전에 홀연히 퇴사한 같은 국 다른 과의 직원분이야. 휴직도 아닌 자발적 퇴사여서 당시 사람들이 많이 놀랐지. 공무원 일을 그만두는 경우는 잘 없으니까. 기민하게 일했지만 속내를 읽기 어려운 여자였다는 평도 있었어. 과 사람들과 데면데면하게 지낼 때부터 이미 마음이 뜬 상태였는지도 모르겠다. 오히려 타 과인 우리 과 몇몇

과 그 후에도 연락을 주고받았나 봐. 어쨌든 이젠 아무 관련도 없는 사람의 소식일 뿐인데 나도 모르게 미소를 짓고 있었어. 세상에, 연애도 아니고 '열애' 중이라니. 잘 모르는 사람의 일인데도 가슴이 벅차올랐어. 사람과 사람이 서로에게 동시에 열정을 느끼는 일이 기적 같은 일이라서 더 그랬을지도 몰라. 이런 애틋한 마음이 내게 깃드는 한 나는 앞으로도 정신 못 차리겠지.

한데 속으로 혼자 흐뭇해하던 감정은 질투라는 감정으로 어느새 뒤바뀌어 있었어. 정확히는 불쑥 치솟았어. 덕분에 오후 내내 체기에 시달리고 말았지. 거봐, 나는 질투 같은 감정이 어울리는 사람이 아니야. 질투는 나를 무척이나 힘들게 해.

각시
메
뚜
기

당신을 처음 본 것은 실은 그 카페가 아니야. 고궁박물관 한쪽의 작은 정원이었어. 광화문 직장인들은 대개 점심을 서둘러 먹고 남은 시간에 경복궁 둘레길이나 서촌 한옥 골목을 산책하거나, 삼청동에서 전시를 보기도 하는데, 나는 사람들한테서 최대한 벗어나려고 그곳에 가 있곤 했어. 내가 태어난 해에 심어진 커다란 은행나무 아래 그늘에 반달 모양의 벤치가 여러 개 있어 나 말고도 혼자 온 사람들이 띄엄띄엄 앉아 있었지. 당신은 그들 중 하나였어.

당신이 풍기는 분위기가 전혀 광화문 직장인처럼 보이지 않아서 내 시야에 들어왔어. 광화문의 남자 직장인이 대체 어떠냐고? 조금 짓궂게 말해볼게. 반들반들한 자부심이 깃든 몸짓, 감정이 드러나지 않는 표정, 꽉 끼게 입은 잔체크무늬 셔츠, 목에는 명찰 목걸이와 손에는 테이크아웃 커피. 계절이 가을이라 은행나무는 샛노랗게 물들어 그 아름다움이 소문이 나버렸어. 불행히도 피하고 싶던 종류의 사람들이 떼

지어 몰려와 의미 없는 소음을 냈지.

　연회색 면바지와 검은색 터틀넥 스웨터를 입고, 하얀 피부에 앞머리가 조금 길다 싶은 당신은 벤치에 앉아 팔짱을 낀 채 물끄러미 허공을 바라보고 있었어. '혼자 일하는 사람이겠구나'라고만 넘겨짚었어. 도무지 무슨 일을 하는 사람인지는 모르겠더라. 기억나? 갑자기 벤치에 앉아 있던 두 여자가 짧은 비명을 지른 거. 허겁지겁 자리를 털고 일어나는데, 보아하니 큼지막한 곤충이 갑자기 어디선가 나타났었나 봐. 당신이 두 손을 호주머니에 넣은 채 천천히 몸을 일으키더니 조용히 그 벤치로 다가갔어.

　"각시메뚜기네요."

　그때 목소리를 처음 들었어. 살짝 쇳소리가 나는 차분한 저음이었어. 그렇게 혼잣말처럼 중얼거리면서 당신은 각시메뚜기를 두 손바닥으로 스윽 감싸 안

아 저만치 멀리 있는 덤불에 데려가 조심스럽게 방목
해주었어. 작은 소동을 지켜보던 예의 그 광화문 남
자 직장인 중 한 명이 테이크아웃 잔의 남은 아이스
아메리카노를 빨대로 경망스럽게 빨아 마시면서 '아
니 왜 서울 한복판에서 저런 시골 벌레가 나오느냐'
고 삐죽댔고, 동료로 보이는, 명찰 목걸이를 셔츠 단
추 사이로 쑤셔 넣은 한 명은 '녹지과에 민원전화 넣
어둬야겠다'며 으스대서 내 비웃음을 샀지.

　나는 당신이 나서서 곤충을 처치해준 점이나 곤
충을 안전하게 방목해준 점보다, 그 곤충의 이름이
각시메뚜기라는 걸 알고 있었다는 사실에 호감을 느
꼈어. 하지만 그날 이후 당신과 각시메뚜기는 그곳에
두 번 다시 나타나지 않았지.

첫
질투

그 카페에서 다시 보았을 때 내가 당신을 몹시 그리워하고 있었다는 사실을 알게 되었어. 아는 사이도 아니면서 그토록 기쁠 수가 있나.

일주일에 한 번, 혼자 점심시간에 가는 골목 귀퉁이의 작은 카페는 재즈와 클래식 엘피판을 트는 곳이야. 꽉 차도 손님이 열 명밖에 들어가지 못해. 앞치마를 두른 중년의 남자 주인이 커피를 내리는 틈틈이 정성스레 엘피판을 손수 바꿔주시지. 손님들에게 좋은 음악을, 좋은 소리로 들려주겠다는 진심이 느껴져. 정부 청사에서 카페까지 걸어가는 데 20분, 돌아오는 데 20분이니 왕복 40분이라, 카페에 앉아 있을 수 있는 시간은 길어야 30~40분. 그래도 블루베리 토핑의 프렌치토스트에 진한 커피를 마시고, 음악을 들으면서 잠시 도심의 소란을 잊기에는 충분했어. 여긴 나처럼 혼자 와서 쉬다 가는 사람이 적지 않아. 그날의 당신은 혼자가 아니었지만.

당신은 내 대각선 맞은편 빈티지 소파 자리에 귀가 산뜻하게 드러나는 커트 머리 여자와 함께 앉아 있었어. 여자의 작은 귓불에서 심플한 다이아몬드 귀걸이가 반짝였지. 여자는 상체를 앞으로 기울인 채 당신에게 연신 말을 건넸는데, 같은 여자가 보기에도 적잖이 매력적이어서 조금 기분이 좋지 않았어. 그날 어떤 음악이 흘러나왔는지도 전혀 기억나지 않아.

당연한 얘기지만 당신은 은행나무 벤치에 앉아 있던 사람들 중 한 명에 불과했던 나를 전혀 알아보지 못했어. 그 여자는 당신의 관심을 끌어보려고 애썼지만 당신의 마음이 전혀 다른 데 가 있다는 것을 알 수 있었어. 중간중간 고개를 끄덕여주었지만 그건 그저 몸에 밴 매너였을 테고, 눈빛은 여자가 아닌 전혀 다른 어딘가를 응시하고 있었거든. 덕분에 언짢았던 기분이 점차 가셨어.

그때는 둘이 어떤 관계인지 궁금하긴 했지. 아내

나 연인이 아니라는 것은 딱 봐도 알았지만 아내나 연인이 아니기 때문에 생기는 미지의 가능성은 마음에 들지 않았어. 당장은 당신의 주의를 끄는 데 실패했다 해도 그 순간 당신 앞에 앉아 있던 사람은, 팔을 뻗으면 당신을 만질 수 있는 사람은 내가 아닌 그 여자였으니까. 난생처음 보는 그 여자가 성가셨어. 그러니까 당시에 나는 알지도 못하는 한 남자 때문에 알지도 못하는 한 여자를 미워하고 있었던 거야.

감정을 느끼는 대로 드러내는 대신 억누르면서 컸어. 지금 내가 하는 일도 감정을 억제할 필요가 있는 일이고. 나는 이런저런 여유가 없었고 격한 감정을 느끼면서 사는 일은 그다지 내 인생에 보탬이 되지 않았어. 욕설이 섞인 민원에 시달려도 감정을 드러내지 않았지. 악성 민원에 감정적으로 힘들어하는 동료들을 대신해서 괜히 일이 커지지 않도록 매뉴얼대로 잘 처리해왔어. 웬만한 것들에는 마음을 쓰지 않아. 그건 밥벌이일 뿐이잖아. '전혀 동요하지 않는'

내 모습에 과 사람들은 감탄하곤 했지.

한데, 지나고 보니 딱히 칭찬이 아니라는 생각도
들어. 어쩌면 나는 '화를 낼 줄도 모르는 딱한 사람'이
었는지도 몰라.

당분간이라는 말

새벽 3시에 눈이 떠졌어. 목이 탔어.

침대에서 나와 어두운 부엌으로 주춤주춤 걸어가 냉장고에서 찬물을 꺼내 마셨어. 창밖은 칠흑처럼 어두워. 아침이 되려면 아직 한참 멀었나 봐. 다시 침대로 돌아가 누워보았지만 한번 각성된 정신은 잘 진정되지가 않아. 잠을 자면서도 머릿속은 계속 가동 중이었던 거야. 사랑이 깊지 않았다면 온기가 남아 있는 두툼한 이불 속에서 금세 다시 잠들었을 텐데 나는 이 어쩔 줄 모르는 감정을 진정시켜야만 했어. 이대로 가만히 있다간 정신을 놔버릴 것만 같았어. 결국 침대 가장자리에 걸터앉아 두 손으로 입을 막고 천천히 심호흡을 반복했어.

새벽 4시. 당장이라도 전화를 걸고 싶었어. 하지만 그러면 안 된다는 것을 알아. 대신 손에 움켜쥐고 있던 휴대폰을 내려놓고 침대 옆 서랍을 뒤져 지난주에 처방받은 항불안제가 담긴 약통을 찾아 한 알을 물 없이 삼켰어.

나는 여전히 모르겠어. '당분간 떨어져 있자'는 말의 뜻을. 그건 제안이 아니라 선언이었고 나는 거기에 찬성도 반대도 할 수 있는 입장이 아니었어. 그게 무슨 뜻이냐고 되묻는 순간, 당신이 견디지 못하고 내 앞에서 완전히 사라져버릴 것을 아니까. 상대를 잃는 것을 두려워하는 쪽은 무력하게 얼어붙지. 바로 끝내자고 하면 내가 당신의 이름에 흠집이라도 낼 것 같았어? 그래서 '당분간'이라는 안전장치를 두고 조금씩 멀어져가려고 했던 건가. 이렇게 애매하게 사람을 오도 가도 못하게 만드는 건 너무 비겁해.

왜 혼자서 결정하고 일방적으로 통보하는지.

만나면서 힘들었던 점이 있었으면, 왜 힘들 때 힘들다고 말하지 못하는지.

우리가 그런 이야기도 못 하는 사이인지.

당신한테 나는 인간적으로 겨우 그 정도 사람밖에 되지 않는지.

'당분간'은 대체 얼마나 긴 시간인지. 사흘일 수도, 석 달일 수도, 1년일 수도 있잖아. 어처구니없는 단어야. 나는 '당분간'이 길어야 한 달이라고 생각했어. 아니, 그렇게 생각하기로 했지. 의미 해석이 되지 않는 불확실성은 견디기 힘드니까. 당신이 말해주지 않는다면 내가 임의로 빈칸을 채워 넣어야겠다 싶었어. 하지만 마음속 깊은 곳에서는 당신이 진즉에 나와의 관계를 정리했고 '당분간'이라는 단어는 나의 극단적 반응을 제어하는 조심성의 제스처일 뿐이라고 알려주었지. 그 단어에 괜한 의미 부여 따위는 하지 말라고 말이야.

그래서 며칠을 고민했어.

마음을 단단히 먹고 물었지. 끝내고 싶은 거면 돌려 말하지 말고 확실히 말해달라고. 당신은 끝내 대답을 회피했어. 그 비릿한 침묵에 분노가 터질 줄 알았는데—

'아, 그럼 아직 확실히 끝난 건 아닌 거네.'

이렇게 멋대로 해석하며 마음이 누그러지는 나를 발견했어. 심지어 기분도 약간 좋아졌지. 나는 당신 의 공범이었던 거야.

House of Woodcock

그 카페에서 당신을 보았다고 해서 더 자주 그곳을 찾거나 하진 않았어. 그전에 당신을 그곳에서 마주친 적도 없었고, 그날도 그리 편안해 보이지는 않았으니까. 나는 기대했다가 실망하는 걸 그다지 좋아하지 않아. 보름간은 일부러 가지 않았어. 그러다가 이게 일부러 피할 일인가 싶어 이르게 찬 바람이 불기 시작한 어느 날, 얇은 코트를 단단히 여미고서 발걸음을 옮겼지.

문을 열자 라디오헤드의 기타리스트, 조니 그린우드가 작곡한 영화음악 〈하우스 오브 우드콕(House of Woodcock)〉이 앰프에서 뭉근하게 흘러나오고 있었어. 얼터너티브 록 밴드의 기타리스트가 이런 우아한 곡을 작곡했다니, 음악적 재능이란 참 놀라워. 오랜만에 들렀다고 생각했는지 사장님이 반갑게 눈인사를 건네셨지. 고개를 왼쪽으로 돌려 앉을 자리를 찾는데 카페 맨 구석의 2인석에 당신이 앉아 있었어. 내가 혼자 자주 앉아 있던 바로 그 자리였지. 심장이 쿵 하고 내려앉았어. 당신은 책을 펼쳐놓고 줄을 쳐가며 읽고 있었어. 커피 잔 옆의 낡은 필통 안에는 형형색색의 볼펜과 몽당연필이 빼곡히 들어 있었지. 내가 아니라 당신이야말로 그곳의 오랜 단골 같았어.

다행히 당신의 앞자리가 비어 있었어. 처음에는 당신을 등지고 앉을까 하다가… 그러지 않기로 했어. 그건 더 긴장되는 일이었으니까. 힐끗거리지 않으려고 나름대로 애썼는데 노력이 충분치 않았던 것 같아. 당신과 이내 눈이 마주쳐버렸으니까. 나도 모르게 빤히 쳐다보고 있었나 봐.

"안녕하세요?"

당신은 시선을 피하지 않고 나지막이 인사말을 건넸어. 어쩐지 내가 당신을 알고 있다고 생각하는 것 같았어. 어쨌거나 나도 고개를 끄덕였어. 나야 직업상 인사가 몸에 뱄지만 당신은 어쩌면 그렇게 천연

덕스럽게 모르는 사람과 인사를 주고받을 수가 있어? 하지만 10분도 지나지 않아 당신이 피아니스트라는 사실을, 그래서 아마도 내가 과거에 연주를 들으러 왔던 사람 중 하나일 거라고 생각했다는 사실을 알게 되지. 나는 순간 고궁박물관 정원에서의 내 모습을 기억하나 하고 속절없이 착각했는데 말이야.

하지만 그런 건 하나도 중요하지 않았어. 곧 점심 식사 후 커피를 마시러 하나둘 손님이 밀려왔고 카페 사장님이 미안해하면서 자리가 없다고 돌려보내자, 상황을 가만히 지켜보던 당신이 나와 자리를 합치겠다며 불쑥 자리에서 일어났으니까.

낮선

선 감각

불과 30분을 당신과 함께 있었던 것뿐인데, 그날 이후로 나를 둘러싼 환경과 사람들이 어딘가 이질적으로 느껴지기 시작했어.

출근길의 정부서울청사 후문 앞에서는 사시사철 아침 일찍부터 크고 작은 시위들이 벌어져. 평소에는 일상의 풍경이라 무심코 스쳐 지나갔었는데 이제는 하나하나가 신경이 쓰였어. 말이 되든 안 되든, 방식이 얼마나 투박하든, 그 열정과 의지가 부럽기도 했지. 출입구 보안 검색대의 가방 검사도 매번 받는 것인데도 괜히 날이 서 있었어. 작은 스위스 칼이라도 일부러 가방에 넣고 출근해볼까 하는 생각도 해보았지.

사무실만 해도 그래. 캐비닛 위 여기저기에 놓여 있는 식물 화분들이 대부분 시들어 있다는 사실이 그제야 눈에 들어왔어. 1~2년에 한 번씩 순환 근무를 하는 공무원들은 식물 화분을 선물 받아도 잘 키우지 못하고 방치하고 말아. 동료들은 보고를 위한 보고, 회의를 위한 회의, 형식을 위한 문서 작업과 끝없는 민원 업무에 늘 지쳐 있어. 그렇다고 개선할 점을 대놓고 말하는 사람은 없어. 튀어서 좋을 게 하나도 없으니까. 부처 익명 게시판에서나 겨우 하고 싶은 말을 할 수 있는 가여운 사람들. 점심시간에 수면실에 가보면 늘 만실이야. 미간을 찡그리며 간이침대에 누워 있는 그들을 안쓰럽게 내려다보고 있으면 나는 과연 이들과 얼마나 다를까 싶기도 해.

오후 3시가 되면 20층 옥상까지 계단으로 올라갔어. 잠시 한숨을 돌리고 오는 장소야. 계단 벽마다 붙어 있는 칼로리 소모와 건강 수명 도표나 옥상 휴게실의 조악한 인테리어를 보면 한숨이 나오지만 대체로 사람이 없다는 게 장점이지. 그 뒤로 나는 옥상 통유리창 너머로 보이는 저 아래 광화문 광장을 골똘히 내려다보게 되었어. 그동안은 아무 생각 없이 봤는데 이젠 깨알같이 보이는 사람들 중에 당신과 닮은 실루

엣의 사람을 골라내고 있어. 반경 100미터 안에 당신이 피아노 스튜디오로 쓰는 오피스텔이 있다는 사실을 알게 되었으니까.

○

"저는 명함이 없어서 그런지 다른 분들 명함이 신기해요."

그날 당신이 눈빛을 반짝이며 내 명함을 유심히 살펴보아주었을 때 얼마간 구원받은 기분이 들었어. 가끔씩 무얼 위해 그렇게 애써서 어렵게 들어갔나 하고 입이 썼는데 당신의 호기심 어린 질문이 내 일터를 그 순간만이라도 제법 근사한 곳처럼 느끼게 해줬으니까. 당신은 보통 회사의 직급은 대략 알지만 공무원 조직의 직급은 잘 모른다며 노트의 빈 공간을 내 앞에 펼쳐놓았어. 나는 파란색 볼펜으로 멋없는 사다리 그림을 그리고 간단히 설명을 곁들였지. 그걸 보는 당신의 눈이 휘둥그레졌어.

"고시 같은 거 합격하셨어요…?"

고시의 존재는 알아도 고시의 이름은 잘 모르던 사람. 당신의 감탄 어린 시선이 나를 몹시 부끄럽게 만들었어. 마치 출신 대학 이름을 밝힐 때처럼. 지금 하는 일에 만족하냐고 당신이 이어서 물었어. 나는 어깨에 힘이 들어간 인상을 주고 싶지 않아서 일이 마음에 들고 안 들고 같은 생각은 하지 않고 그냥 다니고 있다고 말했어. 그러다가 문득 '그냥'이라는 단어를 내치듯 사용한 게 마음에 걸려서 '그래도 주어진 일에 성의를 가지고 하고 있다'거나 '보람을 느낄 때도 있다' 같은 말을 사족처럼 덧붙였지. 참 멋이 없었네. 분명 피아니스트로 사는 일은 다를 거라고, 의미 있을 거라고 나는 화제를 당신에게 넘겼어.

"피아노를 사랑하고, 피아노가 없는 인생을 상상

하기 힘들지만 그와 별개로 피아니스트로 살아가는 것에 대해서는… 잘 모르겠네요."

실은 인사치레처럼 한 말이었는데 당신이 정색을 하고 진지하게 대답해주어서 조금 놀랐어. 그렇다 해도 어떤 대상을 사랑한다고 담담하게 말할 수 있는 일은 너무 멋있었지. 한 치의 의심도 없이 사랑을 받고 있는 피아노가 부럽기도 했고.

처음 말을 섞고 나서 점심시간이 끝나 다시 사무실로 복귀하는 길, 나는 유독 빠른 걸음으로 걸어갔어. 앞으로도 한동안 다녀야 할 이 직장이 어쩐지 그날만큼은 과히 암울하지 않아 보였고, 일도 고되지 않았어. 퇴근 시간마저도 평소보다 훨씬 앞당겨진 것 같았지. 그날은 내가 참 너그럽고 유연하고 충족된 사람이었는데. 그날만큼은.

기
다
림

출퇴근길의 인파가 끔찍이도 싫은 나는 시차 출퇴근을 해. 남들보다 한 시간 일찍 출근하고 한 시간 일찍 퇴근하지. 바로 집에 들어가기 싫을 때는 인근의 미술관에 들르기도 하고 극장에서 영화를 보기도 해. 혹은 집 근처의 제법 큰 슈퍼마켓에 가서 장을 본 후 집에서 천천히 요리를 해 먹어. 고기를 그릴 팬에 굽고 뿌리채소를 올리브오일과 소금 후추 간으로 주물 냄비에 조리해 먹은 후, 설거지를 마치고 나면 동네 산책을 나가. 단독주택으로 이루어진 동네라 산책하기가 좋아. 당신도 와본 내가 사는 곳은 작은 공원이 바로 앞에 있는 하얀색 집. 창문 너머로 계절마다 색이 바뀌는 나무들이 보여. 1층에는 주인인 젊고 상냥한 건축가 부부가 살고, 따로 입구를 낸 2층에 내가 세 들어 살아. 2층은 복층으로 되어 있어. 금요일 밤 같을 때는 내가 다락방이라 부르는 위층으로 올라가 와인 한잔하면서 빔프로젝터로 옛날 영화를 보기도 해.

하지만 당신을 처음 만난 그즈음엔 안절부절못한 기분에 퇴근 후 차분하게 어딜 둘러볼 여유가 없었어. 그저 집에 일찍 들어가고 싶었지. 요리는커녕 입에 뭘 챙겨 넣는 것도 고역스러웠던 것 같아. 대충 다 사 먹었어. 집에서 영화를 볼 생각도, 책을 읽을 생각도 들지 않았어. 그때 새삼 알았는데 나는 성격이 조급해서 기다리는 것을 참 싫어하는 사람이더라. 아니면 참지를 못하는 성격인가? 아무튼 기다리더라도 그 시간을 최대한 줄이기 위해 할 수 있는 무언가가 있으면 괜찮았을 텐데 그게 없어서 짜증이 났어.

당신은 내 명함을 어떻게 했을까? 만난 사람들의 명함을 내가 어떻게 다루는지—그래, 두 번 다시 꺼내보지도 않지—를 생각해보면 당신이라고 다를 바 없겠지. '조만간 연락드릴게요' 같은 빤한 인사치레를 당신이 하지 않았더라면, 이토록 애가 타지 않았을 텐데. 그런 희망을 애초에 주지 않는 편이 더 나았을까? 명함이 필요 없는 직업을 가진 당신이 얄미웠어.

명함이 필요 없다는 것, 그 자체가 권력인 것 같아.

내가 무력하게 느껴지는 게 싫었어. 바보가 된 느낌은 더 싫었어. 이 세상에 싫은 게 기하급수적으로 늘어갔어. 그럴수록 나는 일상을 잘 보살피며 사는 성숙한 어른에서 제 기분에 따라 멋대로 구는 유치한 아이가 되어갔어. 평소의 나답지 못한 게 무척 못마 땅했지.

○

하루는 퇴근 후 포장해 온 토마토수프와 치즈샌드위치로 저녁을 먹고 무작정 집을 나와 동네를 걷기 시작했어. 그나마 내가 유일하게 할 수 있었던 활동적인 행위가 '걷기'였을 거야. 걷고 또 걷다 보면 조급해지는 마음의 일렁임이 조금이라도 진정될 것 같았거든. 몸을 더 노곤하게 만들어서 빨리 잠들려는 잔머리일 수도 있겠고. 수단과 방법을 가리지 않고 하루를 넘길 수 있다면야.

그날따라 유달리 해가 짧아서 어둠이 반대편에서 삽시간에 내가 서 있는 곳으로 침범했어. 가로등 불빛에 비친 내 그림자는 움츠린 소녀처럼 작아 보였어. 느닷없이 그 자리에 주저앉아 왈칵 울고 싶은 기분이었는데, 그 순간 마치 내가 어디까지 버틸 수 있나 끝까지 숨죽이고 몰래 지켜보고 있던 것처럼, 전화벨이 울렸어. 연락이 올지도 알 수 없고, 온다고 해도 언제일지 알 수 없어서 갈수록 길어지는 하루하루를 막막하게 견뎌내고 있었는데 당신은 아무렇지도 않게 그 주 금요일 저녁에 혹시 시간이 되냐고 물었어. 정신이 멍한 채 황급히 일정을 체크했는데 하필 금요일 저녁에 지인의 결혼식이 잡혀 있었지. 한숨이 절로 나왔어. 장례식은 가급적 참석해도 결혼식 초대는 이리저리 핑계 대고 축의금만 보내는 편이었는데, 그 결혼식은 신부에게 일로 신세 진 게 있어서 참석하지 않으면 곤란했거든. 공무원 사회에서는 그런 식의 의리가 중요해. 평소에는 저녁 약속이 좀처럼 없는데… 왜 하필이면 그날인지, 왜 그들은 파혼을 하지 않는지 원망스러울 지경이었어.

"그날 저녁은 결혼식이 잡혀 있네요."

사실을 알린 것뿐인데 행여 거절하는 핑계처럼 들릴까 봐 나는 구체적으로 말했어. '다른 날짜들은 다 돼요'라고 덧붙이고 싶었지만 꾹 참았어.

"본인 결혼식이요?"

전화기 너머로 눈을 가늘게 뜨고 짓궂게 웃는 모습이 눈앞에 선했어.

"그럴 리가요…"

긴장이 풀려 나도 피식 웃었어.

"그럼 그 결혼식, 저도 같이 갈까요?"

예기치 못한 대답에 나는 전화기를 든 채 한참을 가만히 있었어. 내 심장 박동이 점점 빨라졌어. 그때 카페에서 당신이 말했잖아. 무척 낯을 가린다고. 사람 많은 곳은 일부러 피한다고 했잖아. 저녁 시간에 외출하는 것을 즐기지 않는다고 했잖아. 알아보는 사람을 만나기라도 하면 어떡해? 신경 쓰이지 않아? 그런데 당신은 또 한번 뜻밖의 사랑스러운 말을 했지.

"제가 어떻게 입고 가야 예의에 어긋나지 않을까요?"

결혼식 가는 길

그때 당신, 나를 데리러 와줬지. 시간 맞춰 정부 청사 후문 출입구로 내려가니 연하늘색 셔츠에 감색 재킷, 싱글 트렌치코트를 입고 배낭을 멘 당신이 서 있었어. 아름드리 은행나무 앞에서처럼 사람들은 오늘 모습에서도 당신의 직업을 알아차리기 어려웠을 거야. 어쨌거나 당신의 차림새는 무척 잘 어울렸어. 당신도 내 옷차림이 싫진 않았나 봐. 아무리 결혼식이라도 드레시한 원피스 같은 건 어색해서 입지 못했으니 고작 고지식한 트위드재킷과 팬츠 차림이었는데도.

"무척 잘 어울리고⋯ 예뻐요."

눈을 반짝이며 말하는 그 한마디가 나를 날아오르듯 기쁘게 만들었어. 차가 없던 우리는 택시를 불렀어. 택시 안에서 당신은 결혼식의 신랑 신부가 나와 어떻게 아는 사이인지 물었고, 누군가의 결혼식에 가본 게 얼마 만인지 모르겠다며 혀를 찼어. 예상은

했지만 퇴근 시간에 걸려 남산1호터널과 한남대교에서 차가 많이 막혔지. 덕분에 우리는 겨울로 넘어가는 이 계절의 노을 지는 풍경을 천천히 함께 바라볼 수 있었어. 대화 도중 드문드문 창밖을 내다보는 당신의 옆모습을 보며 존 버거의 《결혼식 가는 길》을 떠올렸어. 그 구슬픈 내용의 소설이 갑자기 왜 생각났는지 몰라.

○

우린 결혼식이 시작되고 나서야 그곳에 도착했어. 당신을 어떻게 소개해야 좋을지도 몰랐고, 애초에 그것을 원하는지도 알 수가 없어서 신부 대기실에 들러 인사하는 것이 신경 쓰였는데 차라리 잘됐다 싶었어. 육중한 가죽 소재 출입문을 조심스럽게 열고 들어간 예식장 안은 다른 세상이었어. 어둑어둑한 실내에서 영롱하게 빛을 반사하는 샹들리에 조명, 하얀 테이블보가 씌워진 기다란 ㄷ자 테이블, 테이블마다 놓인 풍성한 장미꽃과 양초, 초대받은 사람들의 잔잔한 미소와 다정한 웃음소리. 예식장 안의 자리는 이미 다 차서 우리는 뒤편에 서서 잠시 신랑 신부의 결혼 서약을 지켜보았어. 그때 당신의 표정을 슬그머니 올려다보았는데, 내가 아닌 당신이야말로 이 결혼식에 초대받은 사람처럼 보였어. 사랑을 맹세하는 두 사람을 온 마음을 다해 축복하고, 심지어 감격스러워하는 표정으로 그 누구보다 세게 박수를 쳤거든.

그러고서 우리는 본식장의 한 층 위에 있는 피로연장으로 먼저 올라가 저녁 식사를 하면서 영상으로 남은 결혼식을 보기로 했어. 피로연장은 한산했고, 있더라도 다들 멀찌감치 흩어져 있었지. 함께하는 첫 식사가 남의 결혼식장이라니.

우리가 마주 보고 자리에 앉자 기다렸다는 듯이 웨이터가 애피타이저를 가져다주었고 그 이후로 코스 요리가 쉴 새 없이 나왔던 것 같아. 식사를 하는 내내 심장 속에 나비가 날아다니는 느낌이었던 나와 달리 당신은 편안해 보였어. 나는 당신 앞에서 스테이크를 썰어 먹는 행위가 그렇게 창피할 수가 없었는데. 먹을 때마다 한 토막씩 써는 것도 너무 정석대로인 것 같고, 그렇다고 다 한 입 크기로 썰어놓고 포크로 하나하나 집어 먹는 것도 서툴러 보이고. 웨이터들이 음식을 너무 빨리 갖다주는 건지, 아니면 우리가 너무 빨리 먹었는지, 우리는 주례사가 진행되는 동안 순식간에 코스 요리 식사를 거의 다 마쳤어. 디저트로 나온 티라미수 케이크와 모둠 과일을 먹기 시작할 무렵, 신랑이 신부에게 쓴 편지를 읽기 시작했어. 신부의 눈엔 눈물이 글썽였지. 당신은 입가에 미소를 머금으며 가만히 그 모습을 집중해서 보고 있었어. 그리고 그 순서가 끝나자 당신은 갑자기 부산해졌지. 냅킨으로 입을 닦더니 테이블 위에 놓인 결혼식 진행 순서 카드를 훑어보곤 내게 말했어.

"음… 축가 시작하기 전에 저희, 나갈까요?"

전에는 당신이 나와 함께 결혼식에 가겠다고 해서 기뻤는데 그때는 어서 결혼식에서 빠져나가자고 해주어서 행복했어.

건물 바깥으로 나오니 초겨울을 예고하는 알싸하게 매운 찬 바람이 상기된 내 얼굴과 목덜미를 곧바로 적절히 식혀주었어. 긴장으로 뜨거워진 머릿속을 더 식히고 싶어서 몰래 심호흡하며 찬 바람을 깊게 들이마셨지. 하지만 그런 보람도 없이, 이내 당신은 아무 말 없이 내 손을 잡고 횡단보도를 건너 우측으로 쭉 뻗은 가로수길을 걷기 시작했어. 그리고 그날 밤, 우리는 처음 몸을 섞었어.

표
정

당신은 이따금 한쪽 눈을 찡긋거리는 버릇이 있어. 내가 하는 어떤 말이 듣기 흐뭇했을 때, 혹은 내 몸의 어떤 동작이 당신을 기쁘게 했을 때, 당신은 입매와 눈으로 그렇게 웃곤 했지. 나는 앳되고 수줍어하는 당신의 그 모습이 좋아.

키스할 때 눈을 감지 않고 있는 나를 발견하곤 깜짝 놀라는 당신도 귀여워. 반칙이라고, 왜 눈을 뜨고 있냐고 나를 나무랐지만, 눈을 힘주어 감느라 가늘게 떨리던 당신의 긴 속눈썹을 가까이서 보고 싶었지. 키스할 때 당신의 표정은 정말 진지하고 올곧아. 마치 교실 앞에 불려 나와 칠판의 수학 문제를 풀기에 앞서 숨을 고르고 집중하는 소년 같아. 그 표정이 보이면 나는 엄지와 검지로 당신의 눈썹을 결을 따라 부드럽게 매만졌어. 눈썹을 만져주면 당신은 더욱 깊이 내 입술 안으로 파고들었어.

내 안에 들어와 있을 때 어떤 느낌이 드는지 당신

에게 묻는 걸 좋아해. 왜냐하면 당신은 질투가 날 정도로 기분 좋은 표정을 짓고 있거든. 눈을 감은 채로 입을 동그랗게 벌리고 있어. 고통스러워하는 표정으로 변해갈수록 당신의 기분이 더 좋아진다는 것도 알아. 당신에게 몹쓸 짓을 하고 있는 나는 행복했어. 그래서 줄곧 눈을 뜬 채로 있었지. 당신의 모든 모습을, 당신만의 표정을 지켜보기 위해. 어떻게 보지 않을 수가 있겠어. 오로지 나에게만 허락된 황홀경인데.

직장인의 점심시간

그렇게 겨울의 시작과 함께 나의 점심시간이 달라졌지. 부처 사람들은 내가 점심시간에 인근 피트니스 센터로 운동을 다닌다고 넘겨짚었어. 안 들고 다니던 에코백을 메고 나갔으니 그럴 만도 했지.

당신의 스튜디오가 있는 오피스텔 건물은 우리 사무실에서 도보 10분 거리였어. 독일의 음악원에서 유학 후 피아니스트로 국내외 여러 곳에서 연주 생활을 하며 지냈던 당신이 국내에 머물 때 연습이나 레슨을 하기 위해 빌린 곳. 23평의 스튜디오에는 그랜드피아노와 책상 겸 테이블, 소파 겸 침대가 있었어. 완벽하게 방음 처리가 되어 있는 공간을 그때 처음 보았지. '아무리 소리가 크게 나도 복도에선 아무도 못 들어요'라는 당신의 평이한 설명에 나는 괜히 얼굴을 붉혔어.

점심시간을 다 끌어모으면 한 시간 반. 오가는 시간을 제외하면 70분 남짓, 나는 그 공간에서 당신과 사랑을 나누었어. 그 시간은 짧은 것 같으면서도 길었고, 영원할 것 같으면서도 금세 흘러갔지. 내가 점심거리를 사 가기도 하고, 당신이 음식을 마련해두기도 했었지만 거의 먹지 못했어. 우린 그 시간을 되도록 꽉 채워서 한 몸이 되어 지냈으니까. 얼마나 자주 당신에게 갔는지 지금은 기억이 하나도 나지 않아. 그저 순간순간의 장면들이 플래시백처럼 뇌리를 스쳐. 생리 이틀째와 사흘째를 빼고는 사랑을 나누지 못할 이유가 없었어. 며칠 연달아 점심시간에 당신을 보러 갔을 때는, 사무실로 복귀해서 자꾸만 휘청거려서 결국 반차를 내고 병원에 가서 수액을 맞은 게 기억나. 당신은 이런 표현은 싫어하겠지만 우리는 마치 발정기의 동물들 같았어.

하얗고 기다란 손가락으로 내 몸을 마치 피아노 연주하듯 구석구석 살피고 만져줄 때마다 나는 매번 다른 감각을 느꼈어. 목덜미를 부드럽게 어루만질 때는 나른했고, 겨드랑이를 뭉근하게 원을 그리며 누를

때는 조금 아프면서 간지러웠고, 손가락 끝을 타액으로 적셔 유두를 톡톡 건드릴 때는 온몸이 쪼그라들 것만 같았지. 찰랑이는 앞머리를 부드러운 붓처럼 쓱쓱 쓸고 다니면서 당신은 보고, 만지고, 맛보면서 호기심과 탐구심을 채워갔어.

당신은 또 내가 물이 많다며 어린아이처럼 기뻐했는데 그 말을 들을 때마다 나는 부끄러워서 어쩔 줄 몰랐어.

"…전 무척 환영받는 기분인데요?"

당신은 수줍어하는 나를 그렇게 다독여주었어. 정말이지 당신은 조금도 질려하지 않고 내 안이 항상 촉촉하고 따뜻해서 계속 그 안에 머물고 싶다고 반복해서 알려주었어. 또 쾌락이 깊고 진했던 어떤 날엔 소용돌이에 빨려 들어갈 것만 같은 두려움을 느낀다고도 토로했어. 나는 당신에게 여자 몸에 들어가 있는 기분이 어떤 것인지 나도 느껴보고 싶다는 말을 그만큼 자주 했던 것 같아. 어쩌면 당신이 기뻐하는 모습을 볼 때마다 그 이야기를 했을 수도 있겠다.

하지만 그 무엇보다도 나를 가장 행복하게 만들었던 것은 사랑을 나눈 후 당신이 씻지 않았다는 점이야. 적어도 내가 머무는 동안에는 그랬지. 당신의 표현대로라면 나의 물기가 당신 몸 여기저기에 다 묻었을 텐데도 그대로 내 옆에 계속 있어주었지. 나도 물론 씻지 않은 채 사무실로 복귀했고.

시
력
검
사

바깥에서 당신과 만나고 헤어질 때 말이야, 당신은 어째서 완전히 헤어지는 사람처럼 매번 그래? 작별 인사를 나누고 나서도 가는 도중 몇 번이고 뒤돌아서서 나를 보고 손을 흔들잖아. 편의점 앞에서 한 번, 꽃다발 통을 바깥에 내놓은 꽃집 앞에서 한 번, 횡단보도 건너기 전에 한 번, 횡단보도 건너고서도 한 번. 마치 안과에서 점점 작은 글씨를 따라가는 시력검사를 하는 것만 같았어. 당신은 내가 점이 될 때까지 몇 번이고 여전히 시야 안에 있음을 확인해야 직성이 풀렸던 것 같았지.

'난 당신을 사랑하는 마음이 조금 있는 것 같아. 조금.'

그때마다 나는 들리지 않게 속으로만 나지막이 읊조렸어. 그러면 나도 아무리 멀어져도 당신만은 알아볼 수가 있었어.

밤
의

문
자

아침에 눈을 뜨고 밤에 잠이 들 때까지 하루 종일 당신을 그리워했어. 감각은 예민할 대로 예민해져서 세상의 모든 것들이 나를 꿰뚫고 들어왔어. 한겨울 잿빛 세상에 화사한 생기가 돌았고, 쨍하게 맑은 날엔 하늘 위 구름이 바로 손에 닿을 것만 같았어. 발이 땅에서 붕 떠서 그랬나 봐. 귀에 들어오는 세상의 사랑 노래 가사는 모두 내 얘기였어.

밤에 잠들기 전, 이따금 나 혼자만 지나치게 감정적이 된 것 같아 풀이 죽기도 했어. 그럴 때면 도저히 못 참고 괜히 당신에게 메시지를 보냈지.

—평소에 내 생각 해요?

당신은 왜인지 문자에 바로 회신하지 않았어. 침묵의 3분은 마치 30분처럼 길게 느껴졌고, 대답을 받을 때까지 신경이 곤두서서 도저히 잠들 수가 없었어. 5분이 넘어가자 이제 다 끝났다고 자포자기했어.

왜 곤란해할 질문을 했나 하고 자책했어. 저런 유치한 질문을 하면 할수록 질려할 게 뻔한데. 정말 나답지 못한 짓. 스스로가 한심해서 이불을 털고 일어나 화장실에 가서 두 번째 칫솔질을 하고 돌아오니 그사이 홀연히 회신이 도착해 있었지.

　—상상하는 것보다 의외로 훨씬 더 많이 생각할 걸요.

　혼자서 모든 최악의 경우의 수를 상상하고 가슴을 졸이던 나는 긴장이 훅 풀렸어. 당신이야말로 내가 얼마나 당신을 많이 생각하는지 상상조차 못 할 거야.

　만나기 시작한 초기에 당신은 내가 아침 8시부터 오후 5시까지 직장에서 일을 한다는 사실을 완전히 망각한 사람처럼 수시로 메시지를 보냈어. 그때 당신은 여러 가지로 마음에 맺힌 일들이 많았는데, 그런

속내를 내게 말해주는 것이 기뻤어. 엄마한테 달려와 미주알고주알 모든 것을 보고하는 작은 소년처럼 보이기도 해서 다 들어주고 싶고, 지켜주고 싶었지. 덕분에 처리해야 할 일들을 못 해서 야근도 자주 했어. 당신은 끝까지 전혀 눈치를 못 챘지만. 아니 그때는 내가 눈치채게 놔두질 않았지. 당신은 그런 거 몰라도 되고 내가 알아서 감당하면 되었으니.

그러니 나는 예전만큼 당신이 내게 메시지를 보내지 않는다 해도, 내 생각을 (내가 상상하는 것보다 훨씬 더) 많이 한다는 당신의 진술에 안도하고 행복해져. 그러고서 우리는 조금 더 문자메시지를 주고받았어. 나는 마치 어디 멀리라도 떠나는 사람처럼, 좀처럼 대화를 끊어내지 못하고 당신을 보내는 걸 아쉬워했어. 용기 있는 당신이 먼저 그날의 작별 인사를 건넸어. 고작 밤에 문자메시지를 한 것뿐인데, 밤에 나누는 대화여서 그랬는지, 끝나고 나면 속옷이 젖어 있어서 갈아입어야만 했지.

슈만、클라라 그리고 브람스

휴대폰에는 아직도 당신이 만들어서 보내준 플레이리스트가 여러 개 담겨 있었어. 당신이 좋아하는 작곡가별로 만들어 준 것들. 당신은 내가 클래식 음악을 잘 모른다는 사실에 전혀 불만이 없었고 오히려 많은 것을 새로 알려줄 수 있게 되어 흡족한 눈치였어. 때로는 같은 곡, 예를 들어 드뷔시의 〈달빛〉을 연주한 두 명의 다른 피아니스트의 동영상을 보내 비교해서 들어보라고 했어. 그때 나는 처음으로 피아니스트의 개인 기질이 연주에 여실히 반영된다는 것을 체감했어. 같은 곡, 다른 느낌을 두근두근해하며 얘기하면 당신은 뿌듯해했고, 나는 칭찬받은 아이처럼 행복해졌어.

당신이 가장 사랑하는 작곡가는 슈만이었지. 클래식 비전공자들에게는 쇼팽이 낭만의 상징 같은 이미지지만 사실 슈만이야말로 사랑의 작곡가라고 했지? 그러고는 슈만, 클라라, 브람스의 이야기를 들려주었어. 슈만은 아홉 살 연하의 클라라와 주변의 반대를 무릅쓰고 결혼하고, 평생에 걸쳐 아내 클라라를 위해 곡을 썼어. 그러던 어느 날 브람스라는 재능 많은 청년이 부부 앞에 나타났고 그들 셋은 가족처럼 가깝게 지내게 되었는데 브람스는 그만 열네 살 연상의 클라라를 속으로 사랑하며 고통받게 되었고… 슈만이 40대의 이른 나이에 세상을 떠난 후 클라라는 오래도록 슈만의 작품으로 연주 활동을 해나갔고, 브람스는 평생 독신의 상태로 클라라의 곁을 지켜주었다고 했어. 클라라가 죽은 이듬해 브람스도 생을 마감했다고 하지. 그렇게 세 사람의 이야기는 클래식 음악계의 전설이 되었다고.

"브람스가 클라라에게 보낸 연서가 사후에 발견되었죠. 기록상으로는 두 사람의 관계는 친구 이상으로 발전하지 못했다고 해요."

그 얘기를 듣고 나는 나중에 그 세 사람의 이야기를 더 면밀히 찾아 읽어보았어. 클라라도 브람스의 편지에 답장을 보냈다고 했는데 유독 클라라가 보낸 편지들만 꼼꼼히 소각이 되었다고 했어. 내가 의심이 많은 사람인지는 몰라도 브람스가 그 부부 앞에 나타난 시점부터 이미 어떤 형태로든 클라라에게도 브람스가 다른 의미로 다가왔을 거라고 생각했는데, 그때 당신은 내게 전혀 다른 관점의 이야기를 들려주었지, 아마.

"클라라는 그저 슈만의 아내가 아니라 당시 쇼팽과 견줄 만큼 꽤 알려진 피아노 연주자였어요. 음악 하는 사람에게 가장 중요한 건 음악에 대한 사랑이어서 클라라가 흔들리지 않고 자신의 자리를 지킬 수 있었던 것 같아요."

생각에 잠긴 당신의 눈빛을 가만히 바라보다가 나는 당신의 순수한 견해와 아름다운 해석을 따르기로 마음먹었지. 당신은 어쩌면 슈만 이상으로 클라라를 좋아했을지도 모르겠다. 클라라에 대해 눈을 반짝이며 이야기하는 당신의 모습에 나는 그녀가 못내 궁금해져서 그날 바로 《클라라 슈만 평전》이라는 책을 서점에서 주문했어. 다음 날 귀가하니 697쪽 길이의 벽돌책 양장본이 도착해 있었지.

덕
수
궁

우리는 낮에 만나면 실내에서 너무 '그짓'만 한다며, 낮 시간을 건전하게 바깥에서 보내자는 말을 가끔 나누었지. 하지만 그 말을 하면서도 어느새 상대의 셔츠와 블라우스의 단추를 풀고 있었으니, 그런 반성은 전희의 한 부분일 뿐이었어. 그러던 어느 날 당신은 스튜디오 문을 열어주자마자 내 손을 덥석 잡고 오늘은 덕수궁에 산책을 나가자고 했어.

겨울의 덕수궁은 만물이 소생하기 전의 고요한 쉼 속으로 들어갈 채비를 하고 있었어. 입구에서 점퍼 위에 노란색 조끼를 맞춰 입은 어린이집 아이들과 마주쳤어. 선생님 두 분의 인솔하에 삐뚤삐뚤 오리 떼처럼 걸어가는 모습이 귀여웠지. 겨울이라 그런지 외국인 관광객들이나 인근 직장인들도 별로 없어서 궁 안은 비교적 한산했어. 키가 큰 당신은 팔을 쭉 뻗어 단풍나무 나뭇가지에 매달린 퍼석한 잎들을 하나하나 손끝으로 만지며 걸었어.

얼어붙은 연못과 정관헌을 지나 함녕전까지 왔어. 한옥 양식의 가옥이 여러 채 군데군데 놓인 곳이라 사각지대가 많았지? 그런 곳들이 보일 때마다 당신은 나를 품에 안고 차가운 뺨을 내 뺨에 갖다 댔어. 혼자 하는 산책이 좋다고 늘 생각했는데 좋아하는 사람과 둘이 하는 산책은 가슴이 일렁이도록 더 좋았어. 미로처럼 좁은 덕수궁 뒤편의 길목에서는 누가 먼저랄 것도 없이 입술의 배열을 맞추었지. 우리는 왜 그토록 용감했을까. 그렇게 석조전 앞을 지나 이윽고 미술관 앞에 다다랐지. 내가 서울에서 가장 좋아하는 미술관이야.

미술관 돌계단에 나란히 앉아 잠시 쉬어 가기로 했어. 우리 앞에는 물이 뿜어져 나오지 않는 겨울의 새파란 분수대가 있었고, 왼쪽에는 나뭇가지만 앙상한 거대한 수양벚꽃나무가 고고하게 서 있었지.

"저는 봄엔 다른 데 벚꽃 구경 안 가고 오로지 저

아이만 보러 와요."

흐드러지게 연분홍색 가지를 늘어뜨린 봄의 수양
벚꽃나무를 대체할 수 있는 건 없다고 생각했어.

"그 정도예요?"

당신은 눈을 가늘게 뜨고 물었지.

"네, 사진 찍히는 거 좋아하지 않는데 매년 벚꽃
이 만개할 때는 저 앞에서 기념사진을 찍어요."

"어디, 그 증거 사진들 좀 꺼내봐요."

사진이 잘 받질 않아 썩 내키지 않았지만 미소 지
으며 손을 뻗고 기다리는 당신을 저버릴 순 없었어.
휴대폰 사진함을 뒤져 지난봄에 찍은 사진을 찾았어.
우리는 어깨를 나란히 하고 9개월 전의 내 모습을 함

께 보았어. 지금보다 머리가 조금 더 길고 몇 년째 질리지도 않고 입어온 칙칙한 검정 바지 정장에 단화를 신고 목에 신분증을 건 게 정말 영락없는 공무원이었어. 손에는 한국 직장인의 필수품, 테이크아웃 커피잔이 들려 있었지. 당신이라는 사람을 알지도 못했을 때의 말간 나. 나는 당시 뭐가 그리 좋아 해맑게 웃고 있었을까. 그래, 그때는 화사한 수양벚꽃나무 하나로도 나는 행복해할 줄 아는 사람이었으니. 이젠 그 시절로 다시 돌아갈 수 없다는 걸 알아.

한참을 신중히 지난 봄날의 사진을 빤히 쳐다보고 있던 당신 옆에서 나는 '아이고, 추워 죽겠네. 대체 봄은 언제 오려나' 같은 혼잣말 섞인 푸념을 하면서 기지개를 켜고 있었을 거야. 하지만 속으로는 만개한 수양벚꽃나무의 길게 늘어뜨린 가지 안으로 들어가 같이 하늘을 올려다보는 우리의 모습을 상상하고 있었어.

"돌아오는 봄에는 제가 그 사진 찍어드릴게요."

그때 당신은 마치 같은 장면을 꿈꾸고 있다는 듯
더없이 부드럽게 내게 말을 건넸어.

시
무
룩
한

예
술
가

당신의 모습을 하나하나 기억하다 보면 지금의 고통이 더 배가돼. 상냥한 말을 아낌없이 해주던 사람이 어떻게 이토록 변할 수 있지? 어디서부터 어긋났을까, 하고 곱씹어보게 돼. 당신의 스튜디오와 내 직장이 가깝지 않았다면 차라리 나았을까. 그래서 덜 만났더라면 천천히 안전하게 관계를 다져갈 수 있었을까. 점심시간을 '그렇게' 보내지 않고 밖에서 식사하며 대화를 나눴다면 얼마쯤 달라졌을까. 하지만 대화만으로 시간을 보낼 만큼 공유하는 세계가 과연 많았을까. 서로를 천천히 알아갔더라면 우리에게 열정이라는 것 자체가 찾아오긴 했을까.

어차피 점심시간에 밖에서 느긋하게 만나는 건 쉽지 않았어. 당신은 이 동네의 점심시간을 못 견뎌했잖아. 어느 식당이나 카페든 광화문 직장인들로 꽉 차 있는 모습, 그리고 그들이 자아내는 무의미한 소음을 힘겨워했지. 11시 반만 되면 개미굴에서 일제히 기어 나오는 개미 떼처럼 검정 롱 패딩을 몸에 두른 직장인들이 쏟아져 나오는 모습에 미간을 찌푸리던 당신. 그 개미 떼 중 하나인 내가 괜히 미안해졌지.

○

미안한 마음이 내 안 어딘가에 늘 깔려 있던 것은 아마도 그때 당신 앞에 놓인 상황 때문이었을 거야. 당신은 학위를 마치고 피아니스트로 연주자 생활을 해왔지만 큰 무대가 쉽게 주어지지 않았기에 음악대학 교수 임용을 알아보던 차였어. 다른 피아니스트들이 세계 각지를 돌면서 커리어를 쌓아가는 사이, 스스로의 존재감이 옅어지는 것을 목격하는 당신의 마음을 나는 상상으로 가늠해볼 뿐이었어. 자신은 이도 저도 아닌 '뜬' 상태라고 하면서, 그래도 이제는 예술가로서 재능이 과히 충분치 않다는 것을 받아들이게 되었다고 당신은 힘없이 웃었지.

"저한테는 타협이지만, 학교에서 받아준다는 보

장도 없죠."

초조하게 기다리는 당신의 마음이 읽혀서 마음이 쓰라렸어. 피아니스트의 삶이 얼마나 수련과 절제의 연속이어야 겨우 유지되는지, 그럼에도 언제라도 사다리에서 내려와야 하는 상황으로 내몰릴 수 있다는 걸 알았으니까. 당신이 들려준 피아니스트의 삶은 믿기시 않을 성도로 가혹했어. 아주 중요한 일이 아니면 사람 만나는 걸 자제하고 오로지 피아노 연습만 한다고 했지. 틈이 나면 악보를 공부하거나 자거나 책을 읽는 정도가 다였어. 손을 다칠까 봐 격한 운동도 제대로 하지 않았잖아.

"정상적인 연애 같은 것도 못 해요."

당신은 농담처럼 말했고 나도 웃어넘기는 척만 했지 하나도 재밌지 않았어. 직업 음악가의 길은, 예술의 세계는 얼마나 다를까? 어렸을 때부터 얼마나 극심한 경쟁과 긴장에 시달렸을까. 피아니스트에게 안정은 영원히 이룰 수 없는 상태 같았어. '안정'이 상징처럼 된 직업을 가진 나는 당신의 불안정한 상황을 알고서 묘한 죄책감을 느꼈어. 나름대로 힘들게 시험 준비를 한다고 했었지만 붙고 나서는 크게 상황이 흔들릴 일은 없었으니까.

사랑에 보태진 연민이라는 감정은 사람을 옴짝달싹 못 하게 만들어. 섬세한 당신과 기 싸움을 해서 당신을 피로하게 하고 싶지 않았어. 혹자는 내가 당신의 시무룩함을 신경 쓰고, 눈치를 보고 맞추려는 게 다 휘둘리는 거라고 손가락질하겠지. 하지만 상대에게 연민을 느끼는 순간 이미 지는 거잖아. 그렇잖아.

한편으로는 예술이 업이 아닌 사람이 예술을 업으로 하는 사람을 과연 진심으로 이해할 수 있을까, 사랑하는 마음으로 커버가 되는 부분인가가 갈수록 불확실하게 여겨졌어. 나는 가끔 당신의 눈빛에서 네가 예술에 대해 뭘 알겠느냐는 듯한 경멸을 읽었거든. 하지만 그것은 어쩌면 당신이 나의 눈빛에서 당신에게는 진정한 예술적 재능이 없을지도 모르겠다는 의심을 먼저 읽어서일지도 모르겠다.

연
습

당신이 '연습'이라는 단어를 자주 쓰기 시작했던 건 하루가 멀다 하고 눈이 펑펑 내릴 즈음이었어. 국립심포니오케스트라를 동반한 정기 연주회 때 피아노 솔로 부문을 맡기로 한 뒤로 당신은 점점 스튜디오에 있는 날이 드물어졌지. 그리고 저녁에 만나는 건 불가능에 가까워어. 왜요, 라고 물었더니, '연습해야 하니까요'라고 당신은 너무도 태연히 대답했어.

　　저녁 시간에는 다름 아닌 피아노 연습 때문에 집에서 잘 나오지 않는다는 사실을 그제야 알았어. 결혼식에 함께 갔을 때 이후, 초반엔 몇 번 저녁에 만난 적이 있었지만 언젠가부터는 낮 시간에 허겁지겁 만나는 패턴이 굳어져버렸으니까. 수화기 너머의 당신은 언짢아하는 나의 침묵에 오히려 의아해했던 것 같아.

　　"나 피아노 안 치는 줄 알았어요? 원래 저녁에 연습해요, 난."

이해를 바라는 갈라진 목소리로 당신은 자신이 얼마나 정당하고 정상인지를 설명하려고 애썼지. 언제 주어질지 모를 무대를 위해 평소에도 꾸준히 연습했어야 했는데, 그동안 그러지 못했다고. 무대에 서지 못해 절망하는 동료 음악인들이 적지 않은 현실에서 이런 연주회 제안은 참 감사한 일이라고. 나중엔 절박한 어투로 '저 혼자 피아노하고 단둘이 있는 시간이 필요해요'라고 호소해서, 마치 내가 열애에 빠진 젊은 연인을 떼어놓으려는 나쁜 사람이 된 것 같았어. '밤에 연습하는 게 음악에 더 깊이 빠져들 수 있고 집중도 잘돼서 좋아요'라고 덧붙이는 당신의 목소리엔 황홀감마저 감돌아서 나는 누추한 기분이 들었어.

'하지만 우리는 한때 밤에도 시간을 내서 만났잖아요'라고 나는 입 안에서 웅얼거렸지만 이내 깨달았어. 어쩌면 그때는 만난 지 얼마 되지 않아서 당신이 나한테 무리해서 맞춰줬던 것일지도 모른다는 사실을. 이제는 얼마간의 시간이 지나 저녁 시간에 연습하던 원래의 루틴으로 돌아갔던 거지. 그렇다면 이젠 내가 이해하고 맞춰줄 차례였어. 당신만의 소중한 밤 시간, 당신만의 세계를 방해하고 싶지 않았으니까. 설사 내가 비집고 들어갈 틈이 요만큼도 없다고 해도. 그렇다 해도 말이야. 그렇지만⋯ '밤에 혼자 연습할 때 온갖 감정에 휩싸여서 너무 벅차게 행복하다' 같은 말을 꼭 했어야 됐어? 그런 날에 내 마음은 실바닥의 마른 낙엽처럼 너무도 쉽게 바스러지고 말아.

거짓
말

이유 모를 미안함에는 당신이 나보다 연하라는 사실도 무시할 수 없었어. 요즘 세상에 세 살 연상은 아무것도 아니라지만 꼭 그렇지만도 않은 것 같아. 내가 고리타분한 걸 수도 있지만 나이는 숫자에 불과하다는 말을 나는 믿지 않아. 연하를 만나는 건 처음이어서 더 그랬을까? 당신이 예술을 하는 사람이기 이전에 연하라는 이유만으로도 내가 지는 기분이 들었어. 내가 모든 걸 너 이해하고 받아들여야 할 것만 같았지. 누가 그러라고 한 것도 아닌데.

참, 그동안 몇 명을 만나보았냐고 당신이 넌지시 물었던 적 있지? 당신은 예민해서 걸핏하면 속이 좋지 않았는데 그날은 내가 전복죽을 포장해 갔던 날이었을 거야. 한껏 사랑을 나누고 난 직후였어. 난 그 질문에 조금 곤란하다는 표정을 지어 보였지. 3년 더 세상을 산 것을 감안하겠다고 당신은 인심 쓰듯 내 등을 쓰다듬으며 물었어. 그런 걸 물어보는 당신부터 먼저 말해보라고 대꾸했지. 당신은 기다렸다는 듯이

해맑은 표정으로 고백하듯 숫자를 말했는데 예상외로 적어서 솔직히 놀랐어. 아마도 한 사람을 오래 만났거나 피아노에 몰입하느라 누굴 만날 경황이 없었던 거겠지. 나도 공평하게 내 숫자를 알려주었어. 당신이 말한 숫자와 정확히 같은 숫자로 말이야. 대체 혼자 무슨 생각을 했던 건지, 티 내지 않으려고 애썼지만 슬며시 당신이 미소를 지었던 걸 난 놓치지 않았어. 그것은 체한 속이 가라앉은 사람의 너그럽고 온화한 표정이었어. 당신의 기분이 훼손되지 않은 것 같아 나도 더불어 흐뭇했지.

그런데 말이야, 나 사실, 만난 사람, 그보다 많아. 두 배 많아.

굳은 손가락

'바쁘다'라는 단어를 당신이 처음 썼던 날을 기억해.

스웨덴 출장을 가기 전에 당신이 보고 싶어서 오전에 연락을 했더니 당신은 그날 바쁘다고 했지. '바쁘다'라는 표현이 퉁명스럽다고 느꼈는지 당신은 낮에는 집에 있고 스튜디오는 오후 늦게나 나갈 것 같다고 넛붙였어. 나는 곧바로 힘내라고 답신을 보냈어. 예술가로서 재능이 부족하다던 당신의 씁쓸한 독백이 늘 뇌리에 박혀 있었으니까.

나는 점심때 쫓기듯이 만날 필요가 없는, 원래 상태로의 복귀도 괜찮겠다고 마음을 추슬렀어. 점심시간이 늘 긴장을 동반한 상태라면 언제고 감당을 못하고 지칠지도 모르잖아. 관계를 지켜내기 위해서는 다른 방향으로 서서히 틀어가는 것이 나을 수도 있겠고. 그날은 나도 몸살 기운이 조금 있어서 차라리 다행이다 싶었어. 그런데 점심시간이 다가올수록 기분

이 점점 나빠지면서 무언가에 쫓기는 것처럼 안절부
절못하게 되었어.

○

꾹 누르고 누른 인내심이 무색하게 퇴근하자마
자 발걸음이 스튜디오로 향하고 말았어. 미리 연락해
서 부담을 주고 싶지 않았어. 오후 늦게는 스튜디오
에 있을 거라고 하니 문 앞에서 얼굴만 잠깐 보고 가
고 싶었어. 나는 결국 초인종을 눌러버리고 말았어.
불쑥 찾아가는 것을 어쩐지 당신이 반기지 않을 것
같은 직감이 들었지만, 이미 늦었지. 굳은 표정의 당
신이 신경질적으로 문을 열었고, 당신의 어깨 너머로
안경 낀 남학생이 피아노 앞에 앉아 있었어.

"레슨 중이거든요. 좀 있으면 끝나요."

가르치는 학생을 의식해서 일부러 더 사무적으

로 말했다고 생각해. 그렇다고 해도 잡상인한테도 그렇게까지 문을 세게 쾅 닫을 것 같진 않아. 나는 화끈거리는 얼굴로 문 앞에서 몇 분을 서 있었어. '좀 있으면'은 대체 얼마나 긴 시간을 의미하는 걸까? 복도에서 계속 서성이면 안 될 것 같아 오피스텔 1층 라운지로 내려가 휴게용 소파에 앉아 책을 꺼내 들었지만 눈에 들어오지 않았어. 30분쯤 지나니까 아까 본 남학생이 오피스텔 회선문으로 나가 밖에서 대기 중이던 승용차에 올라탔어. 나는 쿵쾅거리는 심장을 부여잡고 다시 엘리베이터를 타고 올라갔지. 당신이 분명 '미안해요. 레슨 있다고 말 안 했죠'라고 미안해하면서 문을 열어줄 거라고 믿어 의심치 않으며—

"그동안 손가락이 다 굳어버렸어요."

그게 문을 열어주면서 한 당신의 첫마디였어. 내가 무슨 말을 해야 할지 몰라 현관 앞에서 머뭇거리는 동안 이미 당신은 휙 등을 돌렸지.

"그동안 연습다운 연습을 못 한 게 다 정직하게 드러나더라고요. 감각을 잃어버린 것 같아…."

낮게 읊조리듯 내뱉은 그 말에 심장이 깊이 베였어. 현관에 엉거주춤 서 있던 나는 그제야 정신을 차리고 뒤돌아서 나가려고 했지. 당신은 그런 나의 손목을 세게 잡아당기더니 날이 선 표정으로 물었어.

"그렇게 하고 싶었어요?"
"………."

나는 당신이 언제 시간이 날지, 아니 시간을 내줄지 알 수 없어서 그동안 출장 준비도 틈틈이 미리 해왔는데. 그래서 남아서 야근을 얼마나 했는데. 당신의 연주회, 당신의 연습에 비해 나의 일이 얼마나 밀려나 있었는데… 같은 말들이 입 안에서 감돌기만 하고 밖으로 나가진 못하고 있었어. 엄밀히 따지면 누가 그러라고 시킨 건 아니니까.

말없이 고개를 끄덕였어.

나는 화가 날 땐 거짓말을 잘 못해.

당신은 내 상체를 거칠게 눕힌 후 치마와 타이
츠, 그리고 속옷을 한 번에 잡아 발목까지 내려 당겼
어. 두툼한 울 스웨터의 아랫단이 맨살에 닿아 까끌
거렸어. 한순간에 무방비 상태가 되어버린 하체에 대
해 항의할 틈도 주지 않고 당신도 나와 똑같이 우스
운 모습이 되어 내 안으로 들어와버렸어. 어느덧 우
리의 신음 소리가 섞였는데, 그것은 각자가 가지고
있던 짜증과 원망, 피로와 불안 등을 상대에게 호소
하는 울부짖음처럼 들렸어. 당신은 그때 직성이 풀렸
어? 나는 충분치 않았던 것 같아. 당신이 잠시 몸을
빼서 내 몸을 옆으로 틀어보려고 했는데(그건 당신이
좋아하는 각도였지) 나는 한껏 심술이 나서 당신이 원
하는 바대로 하는 것을 거부했어. 그리고 아까 전에
오피스텔 문 앞에서 느낀 굴욕감을 당신에게 돌려주
고 싶었어.

그렇다고 해서 일부러 그것 때문에 당신이 보는 앞에서 자위를 했던 것은 아니야. 사실 나는 못 보는 동안 당신을 상상하며 자위를 한 적이 많아. 당신에겐 처음 보는 낯선 광경이었나 봐. 두 눈을 깜빡이더니 표정이 점점 일그러져갔어. 당혹해하는 그 눈빛을 계속 응시하면서 왼손으로는 물컹한 당신의 일부를 쥐고 감쌌어. 손바닥으로 아프게 짓눌러 깨부수고도 싶었지만 참았어. 굳어버린 손가락이 나 때문이야? 정말?

조금 아까 분명히 '그렇게나 하고 싶었다'고 내가 수긍했었지. 부정하진 않겠어. 당신이 '그렇게 하고 싶어 하는' 여자를 어떤 여자로 받아들일지는 알 수도 없었고, 어차피 내 통제를 벗어난 일이었어. 그래, 내가 괴로웠던 것의 10분의 1만큼이라도 되갚고 싶었지. 내가 가늠하는 당신이라면 그 모습에 심기가 불편해져서 내 오른손을 치워내고 그 자리의 소유권을 주장했을 터.

하지만 내 예상은 보기 좋게 빗나갔지. 원망 어린 눈빛의 당신이 아예 내 얼굴 위에 올라타버렸으니까. 당신의 것을 입 한가득 물고, 당신을 미치도록 미워하면서, 나는 절정에 올랐어.

스
웨
덴

그즈음 스웨덴 출장이 잡혀 있던 게 다행이었어. 풀릴 길 없는 답답한 마음으로 당신에게 부딪쳤다간 당신을 영영 잃어버렸을 거야. 물리적 거리를 조금 두고 열을 식히는 게 필요했지. 브레이크 기능을 상실한 자동차를 최고 속도로 밟고 가다가 그대로 낭떠러지에서 추락할 참이었으니.

스웨덴은 한국보다 여덟 시간이 느려. 시차 적응할 새도 없이 장관을 모시고 스웨덴 고용부 관계자들과 미팅을 계속했어. 나는 한 달을 준비한 프레젠테이션을 무사히 마쳤지. 장관은 심플한 여자야. 그날의 출장 일정이 끝나면 실무진들을 해산시켜주고 혼자 쉬는 타입. 함께 간 실무진들은 하루 일정이 끝나면 가까운 명소에 구경을 가거나 같이 저녁 식사를 하러 밖으로 나갔지만 나는 몸이 좋지 않다고 양해를 구하고 매번 바로 호텔 방으로 돌아와 쉬었어. 방문을 열고 들어오자마자 화장실로 들어가 화장부터 지웠지. 세안제로 얼굴을 박박 씻고 나면 시차와 일로

지친 무표정한 여자의 얼굴이 거울에 비쳤어. 잠옷으로 갈아입고 파란 눈동자와 연노랑 머리색의 여성 앵커가 진행하는 초저녁 뉴스를 틀어놓고 침대에 멍하니 누워 있노라면 이 세상에 나 혼자라고 느껴졌어.

스웨덴으로 떠나던 날, 공항에 일찍 와서 일행을 기다리는 동안, 이메일로만 대략의 출장 일정을 당신에게 보냈지. 나는 나대로 중요한 일을 하고 있으니 당신을 떠올릴 겨를이 없다는 것을 보여주고 싶었어. 물론 연주회 준비 잘하라고 덧붙이기는 했어. 당신은 이메일을 읽기만 하고 답신은 하지 않았어. 답장을 받지 못한 이메일이나 답신을 받지 못한 문자메시지들은 영원히 어디에도 정착하지 못한 채 우주를 부유하는 천벌을 받는 것만 같아.

o

이메일 회신은 귀국을 하루 앞둔 사흘째 오후 5시

경에 들어왔어. 그날은 귀국 전날 밤이라 장관을 포함해 모두가 저녁을 함께 먹기로 한 날이었지. 서류 가방만 방에 두고 다시 로비에서 모이기로 했는데 방에 들어오자마자 휴대폰 문자메시지 알람이 울렸어. 마치 내가 다음 날 귀국할 것을 알고 보낸 것처럼.

　　―그 일은 좀 문제가 생겼어요.

　　당신은 교수 임용 시험이 돌연 취소가 되었다는 소식을 알려왔어. 건강상의 이유로 퇴직하기로 했던 교수가 마음을 바꿔 남은 정년 임기를 채우겠다고 했다지. 당신이 지난주 내내 예민하게 날이 서 있었던 것이 이 일 때문이었구나 싶더라고. 음악대학의 교수인 당신 선배가 당분간 강사로 들어와 일하다가 다음 기회를 기다려보자고 격려했다지. 당신은 강사 자리도 쉬운 것은 아니라며, 음악을 하다 보면 거절당하거나 떨어지는 일이 한두 번이 아닌데 이만하면 다행이라고, 애써 밝게 덧붙였어.

나도 그 말에 밝은 어조로 공감을 표했는데, 당신이 방금 한 말이 완전한 진심은 아니었나 봐. 도리어 나의 추임새가 당신의 신경을 거슬렀던 것 같아.

—사실 선배는 이름 있는 콩쿠르에서 준우승을 하기도 했고, 이래저래 운 좋게 일찍 교수가 된 사람이라 그렇게 낙관적으로 말을 하는 거겠죠.

나는 답신을 삼가며 그저 가만히 듣고만 있었지. 그 이상 말을 더하면 선배에 대해 나쁘게 언급할 것 같은 우려가 들었는지 당신도 인내심 강한 피아니스트답게 거기서 딱 멈추었어. 어쨌든, 어떤 형식으로든 결론이 나서 다행이라고 추스르면서.

—애매한 상황은 사람에게 불안감만 주잖아요.

당신의 그 말은 그 후로도 오랫동안 내 머릿속에서 지워지지 않았어.

금지된 서운함

다음 날 오후 스톡홀름의 알란다 국제공항에서 한국행 비행기를 탔어. 안정 기류에 들어서자마자 가벼운 점심이 서빙되었는데 나는 하나도 건드리지 않고 그대로 물렸어. 전날 저녁에 먹은 것도 모두, 식당에서 호텔 방에 돌아오자마자 토했었지. 저녁 시간 내내 사람들 앞에서 표정 관리를 하고 있어야 해서 조금 힘이 들었나 봐. 아니면 차가운 연어 전채 요리가 좋지 않았거나. 그래도 당신과 연락한 후에 호텔 방에 혼자 계속 있지 않아도 되어서 얼마나 다행이었는지 몰라.

—이제 예전만큼 자주 못 볼 거예요. 미리 말해놔요. 섭섭해하기 없기.

근황 보고에 이어서 단호하게 나를 타이르던 당신. 대학에 마련된 연습실을 쓸 수 있게 되어 광화문 오피스텔은 곧 짐을 빼기로 했다고 내게 알렸지. 새 학기 준비도 해야 하고, 연주회도 다가오고 있고, 많이 바쁠 거니까… 다시 말해 그 말은 내가 당신에게 먼저 보자고 보채서는 안 된다는 명령이자, 이제부터는, 아니 앞으로는 더욱더 내가 당신의 연락을 '기다리는' 입장일 거라는 진단이었지. 내가 너무 과민하게 해석하는 것이 아닌가 되짚어보았지만 서운해할 권리마저 허락되지 않는 일은 받아들이기 쉽지 않아.

첫 식사를 마치니 기내에 불이 꺼지면서 사람들은 하나둘 담요를 덮고 낮잠 모드로 들어갔어. 모르는 사람을 옆자리에 두고서 불편한 자세로 쭈그린 사람들의 표정은 어딘가 모르게 구슬퍼 보여. 간밤에 제대로 못 자서 줄곧 뒤척였는데도 나는 잠을 쉽게 이루지 못했어.

대신 당신의 자는 모습을 떠올렸어.

시무룩해진 나의 청을 당신이 한번 들어준 적 있었지? 평소 그렇게 막무가내가 아닌데 우리 집에 와서 같이 아침까지 있어달라고 애원한 건 점점 보기 힘들어져서 본능적으로 불안해서였나 봐. 몸이 조금 편찮으신 어머니와 함께 사는 당신이 가급적 외박은 하지 않으려고 했기에 기대도 하지 않았어. 그래서 당신이 조금 주저하면서도 '알았다'고 받아주었을 땐 많이 놀랐어. 내 말투가 평소와 다르다고 느꼈던 걸까.

예민한 당신이 잠을 설치진 않을까 걱정했는데, 결국 잠을 설친 건 내 쪽이었어.

처음엔 자는 척하면서 슬그머니 실눈을 뜨고 당신이 잠드는 모습을 지켜봤어. 당신은 무언가를 견디는 표정으로 미간에 힘을 주고, 이가 부러질 정도로 위아래 입술을 굳게 봉인한 채 눈을 감고 있었지. 이 사람은 늘 이렇게 자나, 혹시 힘든 꿈을 꾸고 있나 싶어 마음이 좋지 않았어. 한참을 보고 있다가 나도 깜빡 잠이 들었는데 새벽 3시쯤 잠에서 깨서 보니, 당신은 나를 등지고 침대 모서리에 바짝 붙어서 자고 있

었어. 내 바람대로 아침까지 내 곁에 있어주었음에도
나는 놀라울 정도로 황량한 기분이 들었어. 그래서
불편하게 자는 당신을 위해서가 아니라, 홀로 남겨진
기분을 느낀 나를 위해서 다시는 이런 무리한 부탁을
하지 말자고 다짐했지. 그런데 무리한 요구를 하지
못하는 관계는 그것대로 또 얼마나 쓸쓸할까.

분리수거

예고한 대로 당신은 새 직장, 새 학기, 오랜만의 연주회를 준비하는 동안 연락이 잘 안 됐어. 당신은 나를 포함한 세상의 모든 것들을 거슬려 했어. 블랙아웃이 와서 악보를 잊어버릴까 봐 걱정했고, 그 와중에 스튜디오의 짐을 빼야 한다며 버거워했지. 오전 9시부터 리허설이면 아침에는 손이 안 돌아가서 6시 반에 일어나야 한다면서 '당신을 만나는 동안 손가락이 완전히 굳어 있너라'고 굳이 할 필요 없는 말을 또 반복했지. 나는 그 말이 마치 농담인 양, 웃는 이모티콘으로 받아넘긴 걸 지금은 후회해. 가시에 찔리면 피가 나지 않을 도리가 없는데, 나는 무엇을 위해 그토록 견디고 있었던 걸까.

그날은 아침부터 무심하게 내리던 창밖의 눈송이들이 내게 용기를 주었나 봐. 혹시나 해서 지금 스튜디오에 나와 있다면 간단히 점심이라도 같이하자고 메시지를 보내보았어. 전화벨이 신경질적으로 울렸어.

"내가 했던 말 잊었어요? 난 연주회 전에는 사람 못 만나요. 감정이 흐트러지면 안 된다고 했잖아요. 그래서 종종 전화기도 꺼두는 거고요."

다짜고짜 짜증 섞인 목소리에 얼어붙어 나는 말문이 막혔어. 당신은 조금 진정이 된 다음에야 '그저께 오피스텔 이사를 잘 마무리했다'고 얼버무리며 짧고도 일방적인 통화를 끝냈지.

퇴근 무렵엔 눈송이가 한결 묵직해져서 길가에 눈이 차곡차곡 쌓여갔어. 청사 후문으로 나와 일부러 오피스텔 쪽으로, 멀리 돌아갔어. 이제는 갈 일 없는 그 장소를 마지막으로 한번 보고 싶었거든. 의미 없는 행동이라는 걸 알아. 하지만 의미 같은 건 이미 찾고 있지도 않았어. 건물 앞에 멈춰 서서 고개를 꺾어 10층을 올려다보았어. 키가 큰 아레카야자 나무로 식별이 되었던 그 창문은 더 이상 찾을 수가 없었어. 우산을 뒤로 젖히고 올려다보는 바람에 눈송이가 차례

차례 뺨 위로 녹아내렸지. 한참을 그러고 있다가 다시 발걸음을 옮기려던 차에, 건물 옆 대형 쓰레기 분리수거장 밖으로 삐쭉 튀어나온 커다란 덩어리가 시야에 들어왔어. 우리가 사랑을 나누던 소파 베드는 '대형폐기물'이라는 이름표를 붙인 채 눈에 젖어 색이 변해가고 있었어.

○

그날 밤 잠들기 전, 화가 프리다 칼로의 이야기가 담긴 책을 읽었어.

프리다는 불과 22세에 자신보다 나이가 두 배나 많은, 뚱뚱한 중년의 화가 디에고 리베라와 결혼해. 디에고는 멕시코에서 유명한 화가였지만 여자관계가 문란했고, 잔인했고, 거짓말도 능청스럽게 했어. 프리다는 디에고와 함께하는 삶이 폭풍우를 견디는 것과 같다 해도 자신들만의 방식으로 서로를 사랑한다고 확신했지. 하지만 두 번째 유산 후, 가장 아끼던 여동생 크리스티나를 디에고가 건드렸다는 것을 알게 되자 완전히 무너졌어. 머리를 자르고 상징적이던 옷차림도 바꾸고 집을 나가 한동안 멕시코시티에서 혼자 살았다고 해. 그런데도…… 소용없었어. 자신을 가장 정확하게 알아봐주는 디에고가 없는 삶은 불행했고, 자기 자신보다 디에고를 사랑하고 있음을 깨달은 프리다는 결국 디에고 곁으로 돌아가지. 예상한바, 그 이후에도 디에고를 수없이 참아내야 했지만 프리다는 자신의 일기에 이렇게 적었대.

　　결코 내 것이었던 적이 없고
　　앞으로도 내 것일 수 없는 사람.
　　그는 그저 자신일 뿐.

　그렇게 프리다 칼로는 생의 마지막 순간까지 디에고를 변함없이 사랑했다며, 자신이 진실로 사랑한 유일한 남자는 그 '덩치 큰 나의 어린애'라고 했어. 프리다 칼로의 예술 세계와는 별개로, 그녀의 사랑 방식은 이해받지 못했어. 그깟 남자 하나 때문에 자기 인생을 주도적으로 살지 못했다고, 그깟 사랑 때문에 자신의 존엄을 버렸다고 말이야. 그 누구보다도 스스로를 소중히 여기라는 뻔한 조언을 참 많이도 들었겠지. 하지만 나는 프리다를 이해해. 비난은커녕 오히려 위로받았지.

나를 잃어버리지 않는 사랑이라는 게 가능하기나 한가?

연주회

제대로 된 클래식 연주회에 내 돈을 주고 와본 것은 처음이었어. 당신이 표를 주겠다고 했지만 이미 샀다고 거짓말을 했어. 그게 이치에 맞다고 생각해.

비올리스트가 먼저 등장해서 국립심포니오케스트라와 박진감 넘치는 벨라 바르톡의 곡을 연주했어. 이어서 검은색 벨벳 재킷에 흰색 셔츠와 검은색 바지를 입은 당신이 무대에 나와 라흐마니노프를 연주했어. 당신은 나와 있을 땐 한 번도 피아노를 제대로 쳐준 적이 없어. 스튜디오에서 우린 다른 일로 분주하기도 했고, 나는 예술가에게 그런 개인적인 주문은 하고 싶지 않았어. 마치 시인에게 시 낭송을 해보라고 사석에서 주문하는 것과 같잖아. 그래서 당신이 정식으로 피아노를 연주하는 모습은 어딘가 낯설었어.

하지만 익숙한 모습도 있었어. 자신의 모든 걸 쏟아서 연주를 하던 당신의 앞머리는 건반을 힘차게 내리칠 때마다 파도가 일렁이듯 들썩였어. 상체를 앞으로 수그렸다가 뒤로 젖히고, 음이 격렬해지는 부분에서는 눈을 감고 꿈을 꾸는 몽롱한 표정이었는데, 당신의 그 표정은 내가 자주 보던 것이어서 얼굴이 붉어졌어. 내 안에 있을 때만 보여주던 무아지경에 빠진 표정을 저렇게 모든 사람들한테 다 드러내다니, 야릇한 배신감도 느꼈지. 깊게 음악을 한다는 것은 집중해서 사랑을 나누는 일과 맞닿아 있다고 할 수도 있겠다. 나는 연상의 타래를 끊고 오케스트라 단원 한 명 한 명의 연주와 표정을 주의 깊게 살폈어.

"모든 이들이 제1바이올린 주자가 된다면, 우린 오케스트라를 가질 수 없을 것이다. 그러므로 각자의 자리에 있는 음악가들을 존중하라."

슈만은 젊은 음악가들에게 이렇게 조언했다지. 실제로 음악 하는 사람 중에 솔리스트로 활동할 수 있는 이는 5퍼센트도 안 될 거라고 당신도 얘기했었던 게 기억나. 대부분의 음악인들은 이 현실을 받아들이고 있어서 솔리스트 연주자로 풀리지 않더라도 오케스트라나 실내악 그룹에서 연주하거나, 혹은 가르치는 일에 만족하며 살아갈 수 있는 거라고.

"그래도 음악에 대한 사랑만큼은 다 같을 거예요."

예술가에겐 겉으로 드러나는 권위가 아니라 음악을 향한 변치 않는 사랑만이 중요할 뿐이라고, 대단한 수상 경력을 가진 유명한 음악인들이 다가 아니라 다양한 음악인들이 저마다의 자리에서 음악을 겸허하게 전파하는 일이야말로 소중한 일이라고 했어. 그말은 얼마간 자존감이 떨어져 있던 당신 자신의 마음을 다지기 위한 것이었을지도 몰라.

당신의 연주를 듣는 대신 당신에 대한 생각에 깊이 잠겨 있던 나는 객석에 울려 퍼지는 청중들의 열띤 박수 소리와 앙코르 요청에 정신이 번쩍 들었어. 피아노 옆에 우뚝 선 당신은 전에 없이 활짝 미소를

지어 보였어. 자신 없어 하면서 연주자로서는 끝났다
고 괴로워하던 모습은 그 어디에서도 찾을 수 없었어.

○

연주회가 끝난 로비에 화려하고 커다란 꽃다발을
들고 서 있는 한 무리의 사람들—주로 여자들—이
보였어. 얼마 후 당신이 로비에 나타나자 여자들이
우르르 당신을 에워쌌어. 처음 와본 연주회여서 저
정도면 팬들한테 꽃다발을 많이 받는 편인지 적게 받
는 편인지 가늠이 되지 않았어. 그 정도면 인기가 많
은 연주자인지 어떤 지도 알 수 없었지. 그래서 자랑
스러워해야 하는지, 안쓰러워해야 하는지 판단이 서
지 않아 멀뚱히 지켜보기만 했어.

생각해보니 여러 사람들과 함께 있는 당신을 한
번도 본 적이 없었네. 그중에는 카페에서 당신 앞에
앉아 있던 쇼트커트의 젊은 여자, 나중에 당신이 '아

는 동생'이라 했던 그 여자도 있었어. 당신은 한 명 한 명에게 다정한 미소를 지으며 짧게라도 대화를 나누려고 애썼어. 나는 당신과 눈이 마주칠까 봐 재빨리 등을 돌리고 로비 구석으로 걸어갔어. 연주회가 끝나면 공연장 로비로 잠시 나가 아는 분들한테 인사를 할 거라고 당신이 미리 말해줬는데, 나는 그게 로비에서 보자는 얘기인지, 아니면 보기 힘들다는 얘기인지 정확히 알 수가 없었거든. 그래서 꽃다발을 가지고 가야 하나 말아야 하나 고민하다가 결국 빈손으로 갔지. 나는 허전한 두 손이 부끄러워서 코트 호주머니에 깊이 쑤셔 넣었어. 벽을 등지고 멀뚱히 서 있기도 뻘쭘해서 로비 벽면에 비치된 여러 음악가들의 공연 리플릿을 하나하나 꺼내 훑어보았어.

전시나 공연 책자나, 책날개에서 문화예술계 사람들의 다양한 프로필을 접했지만 클래식 음악가들의 프로필이 가장 웅장하지 싶어. 어린 시절 콩쿠르에서 수상한 이력에 유학을 한 경력이 덧붙고 어떤 음악을 하는지에 대한 국내외 언론과 비평가의 평이 이어지지. 사람들을 매료시킨 카리스마, 서정성, 부드러움, 천재성 등의 단어들이 사용돼. 젊은 연주자의 경우 사사한 음악가들의 이름도 나열되고, 조금 경력이 있는 경우 해외 예술 축제의 감독으로 활약하거나 세계 유수의 국제 콩쿠르 심사위원으로 위촉되었다는 이야기가 들어가지. 솔리스트의 경우, 국내외 교향악단과 함께 유서 깊은 공연장에서 협연한 이력이 기록돼. 그 밖에 출시한 앨범이 있다면 그에 대한 소개가, 현재 교수라면 재직하는 학교 이름이 들어가. 이 세상엔 내가 상상했던 것보다 무수히 많은 남자 피아니스트들이 존재한다는 걸 알았어.

영화관에서 상영을 기다리면서 영화 전단지를 꼼꼼히 읽는 것처럼, 여기서도 그렇게 시간을 보냈어. 반복되는 찬사의 언어에 메슥거림을 느끼기 시작할 즈음, 몸을 돌려 당신이 서 있던 로비 중앙을 내다보니 사람들이 싹 사라지고 없었어. '로비에 나와서 아는 사람들한테 인사할 거다'라는 말은 '보기 힘들 거니까 먼저 들어가라'라는 뜻이었던 거야. 나는 왜 그 말귀를 바로 못 알아들었을까. 그래도 건네지도 못할 꽃다발을 준비하지 않아 다행이었지.

화장실에 들러 손을 씻는데 화장실 한 칸에서 당신의 '아는 동생'이 불쑥 나왔어. 나도 모르게, 화장실의 다른 칸으로 황급히 피해 들어갔어. 그 여자는 세면대에서 손도 오래 씻고, 시간을 보내면서 좀처럼 나갈 생각을 안 했어. 변기 뚜껑을 닫고 멀뚱히 앉아 있던 나는 왜 이러고 있어야 하는지 스스로도 알 수 없어서 당신에게 문자메시지를 보냈어.

집으로 돌아가는 꽉 찬 버스 안에서 사람들한테 쏠리면서 몇 년 잘 입고 다닌 코트의 헐렁하던 단추가 떨어져 나갔어. 버스 바닥에 떨어진 단추를 찾는 동안 '많이 피곤해서 바로 집으로 갔다'는 당신의 답신이 들어와 있었어.

우울한 몽상가와 활발한 열정가

당신은 공연을 '망쳤다'고 말문을 열었어. 관객은 모를 수 있어도 연주자는 적나라하게 알 수밖에 없다고. 그 이유로 당신은 '연습 부족'을 들었는데, 그건 어수선한 상황과 '흐트러진' 정신 때문이라고 했어. 당신은 비올리스트와 오케스트라 단원들에게 폐를 끼친 것 같다며 자책했지. 그래서 마음이 좋지 않아 공연장에서 최대한 빨리 나가고 싶었다고. 나는 연주의 어느 부분이 그토록 흐트러졌었는지 도저히 알 수 없었기에 당신의 말이 진실인지 혹은 어리광 섞인 과장인지 몰라 혼란스러웠어. 끔찍하게 사랑하던 아내 클라라하고도 나눌 수 없는 고통—광기와 우울과 불안—을 떠안고 살다가, 아내에게 보내는 마지막 작품 〈유령 변주곡〉을 만들고 라인강에 몸을 던진 슈만이 생각났어.

슈만은 작곡한 곡에 오이제비우스(우울한 몽상가)나 플로레스탄(활발한 열정가)이라는 두 개의 필명을 쓰면서 점점 안으로 안으로 침잠해갔지. 그의 음악에 그런 지극히 인간적인 혼란과 불안이 배어 있기에 사람들의 가장 진실되고 여린 내면에 가닿는 게 아닐까 하고 당신도 예찬한 바 있지만, 그 어떤 것에서도 고통의 씨앗을 찾아내는 재주를 가진 사람의 삶은 얼마나 버거울까.

"혼자만의 시간이 필요해요."

망친 공연에 대한 해결책으로 당신은 그 말을 꺼냈어. 스스로를 되돌아볼 필요가 있는데, 그럴 때는 누굴 만나는 일이 힘들다고. 연습량도 훨씬 늘려야 할 것 같다고도 했지.

내가 할 수 있는 정도의 위로와 응원을 전하고 전화를 끊었는데, 일주일째 연락이 없자 나는 문득 이건 당신이 혼자 있고 싶은 게 아니라 나와 있고 싶지 않은 것일지도 모른다는 생각이 들었어. 그것을 확인하고자 문자나 메일을 썼다가 지우기를 여러 번 반복했어. 연락을 하고 나면 답신을 기다리는 동안 신경이 너무 곤두서서 어떤 일도 손에 잘 안 잡히니까. 그 기분 나쁜 침묵의 상태를 견디기가 힘들었어. 하지만 내 마음을 표현하지 못해 느끼는 고통도 컸기에 망설여졌지.

움츠러든 당신을 내가 빼내러 가야 하는 건 아닐까? 하지만 충분히 혼자서 삭이는 시간을 가지지 못한 당신의 침묵을 깰 권한이 내게 있을까? '혼자만의 시간이 필요하다'는 말을 보통 사람이 언급했다면 그것은 작별을 암시했겠지만 다행히 당신은 보통 사람이 아니잖아. 일시적인 고립을 필요로 하는 당신을 그 누구보다도 이해해줘야 할 사람은 내가 아니었을까? 예술을 업으로 삼은 사람을 좋아한다는 것은 그런 거잖아. 마음의 병을 떠안고 살았던 남편 슈만이 점점 자신만의 세계에 스스로 갇히는 모습을 받아들일 수밖에 없었던 아내 클라라의 마음을 떠올리며 심호흡을 내쉬었어.

서
프
라
이
즈

이러면 안 된다는 걸 알면서도 하게 되는 때, 당신도 있지 않아?

바쁘다는 건 알고 있었어. 퇴임 의사를 번복한 그 교수는 체력이 받쳐주지 않아 당신이 그의 몫만큼 더 학생들을 대신 담당해야 했으니까. 일주일에 나흘은 대학에 나가 하루에 세 명, 90분씩 총 다섯 시간의 레슨을 했고, 예술의 전당 인근에 새로 마련한 스튜디오에서 입시생들을 가르치는 일도 병행하고 있었지.

"레슨만 꼼꼼히 잘해도 교수님들보다 수입은 나을 거예요."

당신이 자조적으로 웃으면서 말했던 게 생각나. 레슨이 끝나면 피아노 연습을 한다고 했지. 그동안 너무 오래 연습을 쉬었다고 늘 자책했잖아. 교수 임용이 되는 데도 연주 시험이 3차까지 있고, 교수가 된 후에도 1년에 최소 몇 번은 연주 활동을 이어가야 하고, 그러려면 하루도 피아노를 몸에서 뗄 수가 없다고 했어. 하루를 쉬면 본인이 알고, 이틀을 쉬면 비평가가 알고, 사흘을 쉬면 전 세계가 안다고.

그러니까 당신이 근무하는 대학으로 불쑥 찾아간 내 잘못이 컸어. 세상 사람들 중엔 갑자기 연락하거나 찾아오는 걸 싫어하는 사람들도 있잖아. 근처에 볼일이 있어서 혹시나 해서 연락해보았지. 수업 중이거나 수업 준비 중이라면 그냥 가려고 했었고, 그건 진심이었어. 내 연락을 받고 바로 음악대학 건물 앞으로 나가겠다고 답신을 주어서 무척 기뻤어. 정작 5분 후, 건물 현관에 모습을 드러낸 당신은 조금 억지스러워 보이는 미소를 짓고 있었지만. 나는 시선을 어디에다 둘지 몰랐고, 몸동작이 어색했어. 오랜만에 봐서 그랬나 봐.

"…갑자기 찾아와서 미안해요."

"아니에요, 잘 왔어요."

내 말 때문에 당신은 또 한번 미소를 지어야만 했어.

우리는 음악대학 건물 복도를 지나 계단을 타고 2층의 한 교수 연구실로 들어갔지. 일전에 얘기한, 당신과 친하다던 선배의 연구실이었어. 당시 그분은 장기 출장을 가면서 자기 연구실을 편히 쓰라고 했다지. 당신이 커피를 두 잔 뽑아 오는 동안 나는 교수실 벽에 걸려 있는 취향 좋은 그림들을 둘러보고 있었어.

커피를 마시면서 당신은 같은 교수님한테 사사한, 같은 예술고등학교를 나온 그 1년 선배와의 이야기를 들려주었어. '피아노를 빼면 우린 아무것도 아니다'라며 음악을 향한 뜨거운 사랑을 맹세했던 10대 시절의 이야기. 선배보다 당신에게 음악적 재능이 더 있다고 주변에서 말했던 것이 독이 된 이야기. 메이저 국제콩쿠르에 도전할 수 있는 음악 전공자는 극소수에 불과하다고 해도, 결과적으로 국제콩쿠르에 나가 선배는 준우승을 했고 당신은 입상에 그쳤다고.
선배는 서른 초반에 교수로 임용이 되었고 당신은….

　"…선배가 미워요?"

　눈썹을 치켜뜬 당신은 고개를 갸웃하며 허탈하게
웃었어.

　"선배를 미워할 수 있다면 차라리 다행이죠. 성격
은 또 얼마나 좋고 너그러운데요. 형수도 너무 잘 만
났고. 사람이 착해서 운이 좋아지는 건지, 운이 좋아
서 사람이 착해지는 건지…."

　더 이상 선배에 대한 이야기는 하고 싶지 않았는
지 당신은 낮은 테이블 너머로 내 손을 끌어 잡아 나
를 당신 옆에 앉혔어. 손바닥을 펼쳐 보이며 '굳어 있
던 게 이제 좀 부드러워졌어요'라며 그 손으로 내 머
리카락을 쓰다듬었어. 그러면서 주로 가만히 듣고만

있던 내게 그동안 어떻게 지냈냐고 안부를 물어주었지. 당신을 그리워만 하면서 지냈다고 어떻게 말할 수 있겠어. 그저 힘없이 웃을 수밖에. 당신은 마치 내가 무슨 생각을 하는지 다 안다는 듯이 두 눈을 가늘게 떴어.

"제가 말이나 글로 마음을 표현하는 것이 서툴러 많이 답답하거나 서운했을 거에요."

음악 관련 일을 하지 않으면 이해하기 힘들 수도 있지만 당신은 지금의 상황을 내가 이해해줘야 한다고 했어. 나는 그 시점에 분명히 무슨 말인가를 하고 싶었는데 말문이 떨어지지 않았어. 행여 그 말에 가시가 돋아 있을까 봐. 행여 당신의 말문을 닫게 만들까 봐.

말을 참으니까 대신 뺨 위로 눈물방울이 후드득 흘러내렸어. 당신의 표정이 점점 어두워져가고 있는 걸 보면서도 나는 갑자기 울컥해서 안으로 꾹꾹 눌러 두었던 것들이 밖으로 터져 나올 것만 같았는데, 당신은 내게 입을 맞춰 원천 봉쇄해버렸지. 당신의 손은 자연스럽게 내 블라우스 안으로 들어왔고 입맞춤이 길어지면서 우리는 어느덧 그 너머의 것을 하고 싶은 몸짓을 서로에게 보였어. 연구실 밖은 그 누구도 없는 것처럼 고요했어.

나는 어쩐지 다른 분의 개인 공간에서 이러면 안 된다는 생각에 몸을 움츠렸는데, 그걸 알면서도 하게 되는 때가 당신에게도 있었나 봐. 당신의 긴 손가락들이 스커트 안으로 헤집고 들어와 내 안으로 침범해왔어. 그때 당신은 내 눈빛에서 무얼 보았을까. 나는 당신에게도 같은 벌을 주고 싶어서 바지춤으로 손을 가져갔지만 당신은 어린애 타이르듯 고개를 저으며 남은 한 손으로 내 손을 치워버렸지. 그러고는 내 몸 안에 포로처럼 잡혀 있던 당신의 손가락들을 부드럽게 움직이며 연주를 시작했어. 정교하고 치밀한 손가락들의 움직임은 내 몸에 거품 가득한 물보라를 일으켰는데, 그 순간 문밖 복도에서 까르르르 하는 음대생들의 웃음소리가 환영처럼 들렸던 것 같아.

미
안
하
는

말

그날 저녁 늦게, 당신한테서 전화해달라는 메시지가 왔어. 내게 할 말이 있다고 했지. 당신은 존경하는 선배의 연구실에서 그런 짓을 한 자신한테 실망했고 스스로를 통제 못 한 게 한심하다고 했어. 그 자책은 함께 신성한 공간을 더럽힌 나를 향한 공격처럼 들리기도 했어. 돌이켜보면 행위 중 나를 바라보던 당신의 시선 속에서 내가 이런 걸 바라고 또 찾아왔다는 확신을 엿보았던 것도 같아.

"당분간 떨어져 지내고 싶어요."

순간 숨을 들이마셨어. 당신의 침착한 어조에 어쩌면 오래전부터 준비한 말일지도 모르겠다고 생각했어. 정신이 아득해지는 가운데 두 가지 의문이 들더라. 당분간은 일주일일까 한 달일까 석 달일까 1년일까. 나는 또 얼마만큼의 시간을 기다려야 하는 걸까. 그리고 그 말은 진심일까. 바로 정리하자고 하면 문제가 생길까 봐 돌려 말한 건 아닐까. 내가 알아서

행간의 의미를 파악하고 사라져주기를 바란 건 아닐
까. 그게 무슨 뜻이냐고 말하며 나도 모르게 목소리
가 커졌어. 아니, 정확히 말하면 화를 냈지.

"미안해요."

화를 내는 사람에게 미안하다는 말로 대응하면
화를 내는 이유가 없어져. 상대가 나한테 원하는 게
있을 때만 화내는 것이 효력을 발휘해. 하지만 상대
가 나한테 바라는 게 더 이상 없다면 화내는 사람은
더 비참해지기만 하지.

'당분간 떨어져 지내고 싶다'의 뜻은 알 길이 없
어도 당신의 '미안하다'는 말이 다음 세 가지를 의미
한다는 건 알았어.

1) 그에 대해서 설명하거나 변명할 내용이 따로
없다.

2) 그에 대해서 어떻게 달리해볼 의지가 없다.

3) 알았으면 그만 좀 닥쳐.

고통

아침에 침대에서 몸을 일으키는 게 너무 버거웠는데 어떻게든 몸을 일으켜 억지로 뜨거운 물로 샤워를 했어. 잠도 푹 못 잤고, 식욕도 없었어. 살이 점점 빠져서 틈날 때마다 뭔가를 입에 넣으려고 애썼어. 처음에는 신경을 분산시키려고 일부러 바쁘게 지냈어. 점심시간이 되면 구내식당에서 대충 배를 채우고 경복궁 경회루 호숫가를 몇 바퀴 돌고서 사무실로 복귀했고, 퇴근 후에는 닥치는 대로 영화나 전시를 보고 기진맥진해서 귀가했어. 나는 고통의 시기를 잘 버티고 넘기는 방법을 제법 터득하면서 살아왔다고 자부해.

그 무렵, 사무실에 리스크가 생겨 처리해야 할 민원 업무가 산더미처럼 쌓였던 게 오히려 구원이었어. 직장에 나가 일하는 동안엔 조금이라도 잊고 지낼 수 있었지. 하지만 주말에 혼자 집에서 지낼 때는 덜컥 겁이 났어. 사람이 얼마나 자기 속으로 침잠해 들어갈 수 있는지 한계가 보이지 않았어. 생각이 소용돌

이치듯 안으로 파고들어가다 보면, 도중에 생각의 고리를 끊어내지 못해 미쳐버릴 것만 같았어. 굳은 몸의 긴장을 풀기 위해 침대에 누워서 가만히 있으면 얼마 가지 않아 과호흡 증상이 훅 올라왔어.

어떤 금요일 밤에는 과호흡 증상이 금방 지나갈 걸 알면서도 일부러 택시를 잡아타고 내 발로 병원 응급실을 찾았어. 주말 밤의 대학 병원 응급실은 아수라장이야. 위급 정도가 낮아 자꾸 진료 순번이 밀렸지만 그거야말로 내가 원하던 바였어. 새벽에 유일하게 왁자지껄하고, 조금은 불행한 사람들이 섞여 있는 이곳에서 최대한의 시간을 보내는 것. 한참을 기다려서야 겨우 빈 침상에 자리를 잡고, 이미 결과를 다 알면서도 돈과 시간을 잡아먹는 검사들을 받았어. 손목에 식염수 수액의 주삿바늘이 들어갈 때의 뻐근한 통증은 마음의 고통을 일시적으로 지워주었고, 수액을 맞는 동안은 피 터지던 심장이 지혈을 받는 것 같았어. 주말엔 취객들이 다쳐서 오는 경우가 많은

데, 그들이 내 오른쪽과 건너편 베드를 차지한 채 만들어내는 소음이 내게 평온을 주었지. 응급실 너스 스테이션 안쪽에서 레지던트들과 간호사들이 지난주 회식에서 있었던 일을 가지고 서로 짓궂게 놀리며 하하호호 웃음보를 터트릴 때는 같이 속으로 조금 웃기도 했어.

내내 커튼으로 가려져 있던 내 왼쪽 베드에는 반백의 할머니가 누워 계셨어. 혈압을 재러 온 간호사가 커튼을 확 열어젖혀서 알게 됐지. 할머니는 나와 눈이 마주치자 쯧쯧 혀를 차며 물으셨어.

"아가씨 혼자 왔어? 신랑… 신랑은 어디 가고… 난 우리 큰아들이 오기로 했어…!"

아가씨한테서 신랑을 찾는 모순이 우습기도 했지만, 보호자 없이 혼자 왔다는 이유로 처음 보는 할머니에게 동정을 받았다는 사실이 다소 불쾌했어. 사람들은 자기보다 조금 더 불행해 보이는 이를 보면 위안을 얻나 봐. 다시 눈이 마주치면 더 무슨 말을 들을지도 몰라 내 쪽 커튼을 천천히 그리고 꼼꼼히 끝까지 둘렀어. 덕분에 너스 스테이션의 활기는 더 이상 엿볼 수가 없었지. 새벽 3시쯤에 담당 레지던트 선생님이 부스스한 모습으로 나타나서 '검사 결과 이상 없음'이라는 진단을 내렸어. 나의 모든 증상에는 '신경성'이라는 수식어가 붙었는데, 그건 병원에서 더 이상 해줄 게 없다는 뜻이었지. 내심 뭐라도 발견되어 이참에 입원이라도 하고 싶었지만, 그래도 지금 집에 가면 최소한 반나절은 정신없이 잘 수 있겠다며 스스로를 다독였어. 병원비를 정산하고 나갈 때까지도 할머니의 자랑스러운 큰아들은 나타나지 않았어.

사랑은 여자들만 한다

어떤 책에서는 감정을 섞지 말고 상황을 건조하게 보라고 했어. 그럼 한번 따져볼까? 당신은 솔리스트 피아노 연주자로 성공하려는 열망을 가지고 있었지만 실력이 그만큼은 안 된다는 것을 알고 타협했어. 예술가로서 정점을 이루지 못한 씁쓸함과 패배감. 고만고만해 보이던 연주자들이 세계를 누비면서 활발하게 연주 활동을 해나가는 모습을 보면서 울적해했어. 실력이 부족해서 그랬다면 차라리 납득이 되었겠지만 운이 그들만큼 따라주지 않아서 그런 것도 알았지. 교수 임용 건도 유보되어 기분이 한층 더 좋지 않았어. 나를 향한 당신의 일시적인 몰입은 패배감과 불안감으로부터 도망치기 위함이었던 것. 마주하고 싶지 않은 시간을 다른 무언가에 몰두해서 메우고 싶었던 것. 그러니 상대가 예술이나 음악에 대해서 적당히 모르는 편이 나았을 거야. 당신을 함부로 평가하면 곤란하지 않겠어?

어떤 책에서는 여자와 남자의 유전자엔 극명한

차이가 있어서 여자와 남자는 사랑을 나누기 전과 후가 완전히 다르대. 남자는 종족 번식 본능을 위해 씨를 뿌리고 나면 어떻게든 도망가고 싶어 하고, 여자는 씨를 잘 키우기 위해 남자를 붙잡아두려고 한다지. 그래서 사랑은 여자들만 하는 거라고.

○

원래 나의 조급한 성격 같았으면 '당분간'이라고 당신이 말했을 때 이미 담판을 지었을지도 몰라. 하지만 그러면 완전한 이별로 수렴이 될 것 같아서 참았어. 내가 할 수 있는 건 아무것도 없었어. 다른 것보다 이미 끝난 걸로 희망을, 아니 망상을 품는 거 같아서 미칠 것 같았어. '당분간'이라는 단어로 날 꼼짝달싹 못 하게 하다니, 이 나쁜 자식. 왜 그런 결심을 하게 되었는지 솔직하게 말하지도 못하면서 내가 하고 싶은 말까지 못 하도록 입을 막아버리고 사라졌으니 나는 꼼짝없이 벌을 서며 당신을 기다려야만 했어.

내 본성에 반하면서까지 이 애매한 상태를 견뎌
야 하는 일은 너무 힘겨워. 기다리는 일은 사람의 진
을 빠지게 해.

나는 확실히 해주는 사람이 좋아. 남자든 여자든.

그러니 정확한 진심을 말해줘요.

난 기약 없이 기다리는 것을 정말 싫어하니까.

합
리
화

인간의 자기 보존 능력은 참 대단해. 그리워하는 감정이 너무 강렬해서 몸이 부서져버릴 것 같으면, 완전히 무너져 내리는 것만은 막으려고 마음이 스스로에게 이런저런 말을 걸더라.

어쩌면 나는 당신이 아니라, 사랑을 사랑한 게 아니었을까. (하지만 그 사랑은 당신이 야기한 것이지.)

당신은 사랑할 만한 사람이었을까. 잘 알지도 못하면서 머릿속에 그려낸 당신의 이상화된 모습을 사랑했던 것은 아닐까. (하지만 누군가가 사랑할 만해서 사랑하는 건 또 아니지 않나.)

나는 당신이 돌아오기를 진심으로 바라고 있을까. 막상 돌아오면 기쁨보다 고통에 대한 두려움이 더 크지는 않을까. 최고의 시간은 두 번 다시 찾아오기 힘들잖아. (여우와 신 포도의 정신 승리!)

당분간 떨어져 있자는 말은 이별의 예고가 아니라 잠시 거리를 두면서 관계를 지키기 위함이 아닐까. 오래가기 위한 피치 못할 쉼표. (그랬다면 당분간이 얼마 동안인지 알 수 있었겠지.)

지금 이렇게 미칠 것 같은 기분이 드는 것은 당신을 내 마음대로 하고 싶은 내 통제 욕구 때문인지도 모르겠다. 그래, 집착 말이야. 나야말로 권태로운 주변 환경으로부터 현실도피를 하기 위해 당신을 이용했는지도 몰라. 나의 공허함을 당신에게 몰입하는 것으로 메꾸려고 한 것. (사랑과 통제 욕구가 혼동되는 감정인 건 사실이지만 그렇게 내 탓으로 돌린들 뭐가 달라질까.)

혹은 나만 애썼다고 생각했지 당신의 입장은 충분히 고려하지 않았는지도 몰라. 당신이야말로 좋아한다는 이유로 나한테 맞추느라 너무 무리하다가 무너졌을지도 모르겠다. (………..)

머리에서 하루 종일 생각들이 뒤엉키면 종종 헛구역질이 났어. 내가 스스로한테 꾀를 부릴 때 나타나는 신체적 반응이야. 나는 그저 불행하고 슬픈 여자일 뿐이었어. 그리고 당신은 자기애적이고, 유약하고, 무신경하고, 이기적인 남자야. 하지만 당신을 보지 못한, 지난 한 달하고도 일주일간 단 하루도 불행하지 않았던 날이 없었어.

제
3
자
들

보고 싶어 미칠 것 같았지만 당신을 우연이라도 만날 수 있는 장소가 어디에도 없었어. 당신이 생활 동선을 소셜미디어에 올리는 사람도 아니었고 잘 가는 카페나 단골집도 딱히 없잖아. 그래, 당신에겐 보통 사람들이 말하는 '생활'이나 '여가'가 없었을지도 몰라. 오로지 피아노, 그리고 피아노를 둘러싼 나머지 시간들. 생각이 거기에까지 미치자 당신이 나에게 할애한 시간의 무게가 묵직하게 다가와 슬픈 와중에도 감미로운 기분이 들게 했어. 아마도 당신으로서는 더없이 큰 덩어리의 시간과 마음을 내준 걸 테니까.

또 한번 대학으로 찾아가는 수도 생각해보았어. 그런데 이럴 때는 내가 당신보다 연상이라는 자각이, 사회인이라는 자각이 당신을 곤란하게 해서는 안 된다고 타이르지. 하지만 그런 자기 억제조차 때로는 말을 잘 듣지 않을 때가 있어. 스스로를 제어하지 못할 것 같은, 이러다가 큰일을 낼 것 같은 몽롱한 감각이 덮치면 몹시 두려워졌어. 누가 나를 말려

줘야만 했어.

　내게는 서너 명의 여자 친구들이 있는데, 그 애들
이 무슨 말을 할지 난 알아. 스스로를 후려치는, 자존
심도 없는 짓 같은 건 하지 말라고 하겠지. 나도 그걸
모르는 게 아니야. 머리로는 알아도 몸이 말을 듣지
않는 거야. 그런 조언을 할 수 있는 건 지금 그 친구
들이 사랑에 빠져 있지 않기 때문이지. 게다가 당사
자가 아니라면 실연을 둘러싼 대부분의 이야기는 지
극히 진부하잖아. 결혼해서 아이가 있는 걔들은 홀가
분하게 사는 나를 늘 부러워했으니, 내가 겪는 지금
의 아픔이 그 애들에겐 내밀한 위안이 되어주지 않을
까. 이런 짐작이나 하는 걸 보면 나는 우정에도 실패
한 것 같네. 그 누구의 조언도 사실 듣고 싶지 않기도
하고.

　그래도 남자의 마음은 남자가 알지 않을까 싶어
서 친했던 남자 동기를 오랜만에 연락해서 만났어.

독신주의자라고 하다가 3년 전 갑자기 결혼해서 딸을
낳아 키우는 그 애는 나의 이야기를 다 듣지도 않고
도중에 끊었어.

"에이, 찾아가진 말고. 응, 그래. 기다리는 것도
의미 없어. 그놈은 너한테 급작스러운 충격은 주지
않으면서, 동시에 자기는 나쁜 사람이 되고 싶지 않
아서 그렇게 표현한 거야. 네가 알아서 잘 해석하라
는 거지."

잘 알 것 같아서 물어본 거지만 막상 '너무 잘 안
다는 듯이' 단정 지어 말하는 모습은 은근히 불쾌했
어. 내가 기대했던 대답이 아니어서 그랬을 거야.

"에고… 너같이 똑똑한 애가 어쩌다가 그런 놈을
만났어…."

상한 기분을 억누르고 있는 게 티가 났는지 친구

가 태도를 바꿔 조심조심 덧붙였어.

"그러니까… 이건 끝났다는 거야?"

나는 최대한 담담함을 가장하며 재차 그에게 확인했어. 내가 진실을 잘 받아들이고 있다고 생각했는지 (그는 늘 좀 나이브했어) 조심스러움을 걷어내고 속 편히 자신이 속한 남자라는 종에 대해 설명을 해나갔지.

　—남자는 행동으로 다 나타난다.
　—백날 말로 뭐라고 해도 행동이 수동적이면 마음이 식은 것이다.
　—대부분의 남자들은 여자에게 상처 주는 말을 하는 걸 꺼린다.
　—남자는 단순하다. 회사가 바빠서, 다른 힘든 일이 있어서 연락을 못 하는 게 아니다. 그냥 연락하기 싫어서다. 여자를 좋아하면 일이 바쁘고 힘들 때 오

히려 더 만나서 위로받고 싶은 법이다.

"아무튼 남자들은…… 좀 그래."

여자에게 여지를 남기는 남자는 상냥한 것도 마음이 약한 것도 아니고 비겁한 거라고, 친구는 고개를 절레절레 흔들었어. 그러고는 마치 자신이 잘못을 한 양 뒷머리를 긁으며 자신의 종을 대표해서 유감의 뜻을 표했어. 내 표정이 얼마나 숨 막히게 무거웠는지, 친구는 갑자기 그렇지 않아도 소개해주고 싶은 아는 형이 있어서 연락하려던 참이었다며 화제를 돌렸지. 나는 됐다고 하면서 그사이 많이 컸을 딸아이 사진이나 보여달라고 했어.

배
움

나는 사실 그런 이야기들 말고 다른 이야기가 듣고 싶었어.

진부하지 않고 정형화되지 않은, 어떤 한계를 초월한 사람의 이야기를—

한번은, 소란이 있었어.

한창 점심시간에 당신을 만나러 다니던 무렵의 일이었어. 조금 늦게 사무실로 돌아왔는데 분위기가 묘하게 들떠 있었어. 옆자리 직원에게 무슨 일인지 듣고는 자동적으로 지난주에 야근을 하다 마주친 두 사람을 떠올렸어. 늦은 시간, 퇴근 후 빠트리고 온 서류를 챙기러 다시 사무실로 돌아왔을 때였지. 옆 부처 사무실을 지나치다 우연히 본 두 사람은 서로에게 손끝 하나 대지 않았는데도, 나는 여자를 바라보는 남자의 표정에서 사랑의 감정을 읽을 수 있었어. 구체적으로는 눈앞에 있는 여자와 사랑을 나누는 상상을 하고 있는 남자의 눈빛이었지.

나보다 세 살쯤 연상인 여자는 이목구비가 뚜렷하고, 인상이 조금 세 보였어. 남자로 말할 것 같으면 내가 알기로는 여자보다 나이가 훨씬 더 많았고, 깡마르고 신경질적이라 모두가 싫어하는 상사였지. 정장 재킷은 커서 늘 반쯤 어깨가 흘러내렸고 왠지 모르게 구내식당에서 옆자리에 앉고 싶지 않은 그런 남자. 하지만 그날 저녁, 그 여자 앞에서만큼은 전혀 다른 남자가 되어 있었어. 두 사람이 주고받는 눈빛은 분명 사랑하는 사람들의 눈빛이었어. 촉촉한 물기와 끓어오르는 화기가 한데 엉킨 그것. 사랑에 빠진 사람만이 사랑에 빠진 사람을 알아보지. 넋을 잃고 쳐다보다가 그 여자와 눈이 마주쳤어.

소문이 퍼진 다음 날부터 사람들은 약속이나 한 것처럼 그 누구도 여자에게 먼저 말을 거는 사람이 없었다고 해. 나는 참으로 난감했는데, 분명 내가 말을 퍼트렸다고 생각할 것 같았거든. 물론 탐탁지 않지 않았던 건 아니야. 굳이 말하자면 나는 그 여자

가 관여된, 그런 종류의 사랑에 딱히 관용적이라고
는 할 수 없었지. 하지만 그런 생각을 혼자 속으로 하
는 것과 말을 퍼트리는 건 전혀 다른 문제잖아. 적어
도 소문을 낸 건 내가 아니라고 확실히 짚어주고 싶
었어. 나는 여자가 혼자 있는 타이밍을 포착해서 다
가갔어. 최대한 윤리적 선입견을 드러내지 않도록 표
정 관리를 했는데 막상 앞에 서니 어떻게 무슨 말부
터 꺼내야 할지 몰랐어. 한데 그녀가 먼저 피식 웃으
며 말했어.

"알아요, 아닌 거."

인사이동이 자의였는지 타의였는지 정확하진 않
아. 두 사람은 각기 다른 부처로 차례차례 전입을 갔
어. 확실했던 한 가지는 마지막 출근 날까지 여자가
평소처럼 당당했다는 거야. 사람들이 수군거리면서
데면데면하게 굴어도 언제나 그랬듯이 차분하게 마
지막 날까지 성실히 근무를 하다가 옮겼어. 그런 태

도는 어디서 비롯되는지 궁금했어. 진짜 마음은 대체 어땠는지도.

○

그 여자의 담담함은 태생적 기질이었을까. 내가 거의 반년 만에 연락했을 때도 나를 바로 어제 본 사람처럼 대했지.

"과장님… 국장님하고 아직 연락하세요?"

식사 후 불쑥 내가 그 건을 입에 올렸을 때도 그는 역시나 전혀 놀라지 않았어.

"네, 벌써 4년째네요. 징글징글하다."

그가 싱긋 미소를 지어 보이며 거리낄 것 없다는 듯이 말해서 정작 내가 목소리를 가다듬느라 헛기침을 몇 번 해야만 했어.

"힘들진 않으셨어요?"

사실 내가 궁금했던 건 어떻게 그 시간을 참고 견뎠는지, 그거 하나였어. 그녀는 실눈을 뜨며 오히려 의아하다는 듯이 나를 물끄러미 쳐다보았어.

"어떤 관계든 힘든 부분은 있잖아요. 나는 처음부터 뭘 바란 건 아니었지만."

모르긴 몰라도 굳이 남들에게 숨기면서까지 좋아해야 한다면 그건 얼마간은 자신들도 고통을 감수해야 한다는 거잖아. 비밀을 지키고, 행동을 조심하고, 연락을 기다려야 하는 사랑은 괴로울 수밖에 없지 않을까. 하지만 이야기를 들어보니 그건 나의 편향된 관점일 뿐이었어. 윤리적 선입견을 바탕으로 한 착각 말이야. 불행한 연애를 가까스로 끝냈거나, 고통스럽게 겨우 유지하고 있을 거라고 넘겨짚은 거지. 어쩌면 나는 주변의 누군가가 조금이라도 나와 비슷한 고통을 받고 있기를 바랐을지도 몰라. 참 우습지. 나는 두 사람의 상황에 비하면 한결 어려움이 없어야 할 텐데도 오히려….

무엇을 위해 참고 기다리고 눈치를 보는지도 알 수 없었던 나 자신이 한심하고 비참했어. 이 비루함을 어찌할 줄 몰라 나는 횡설수설하기 시작했지.

내가 예술가인 당신에게 끌려다니면서 상처를 받았지만, 나도 당신의 취약한 부분을 충분히 이해하지 못하고 그에 못지않은 상처를 준 것 같다고…

어쩌면 오랜만의 연애에 너무 취해 있었는지도 모르겠다고…

돌이켜보면 당신을 있는 그대로 존중하지 못하고, 이기적인 완고함으로 당신을 바라본 것 같다고…

하지만 이 또한 어쩔 수 없는 것 아닌가 싶기도 하다고….

미움과 사랑.

체념과 미련.

원망과 자책.

뒤죽박죽 쉴 새 없이 말을 하고 있었지만, 내 시선이 계속 허공 어딘가로 빗나가고 있는 것을 그는 눈치챘을 거야.

"많이 힘들었죠…? 누군가를 사랑하게 되면 세상의 무게가 어깨에 느껴지는 게 당연해요."

그 여자는 내가 늘어놓은, 주관이 다분히 섞인 상황에 대해서 그 무엇도 자기 의견을 보태지 않았어. 마치 그런 건 요만큼도 중요하지 않다는 듯이.

"어떤 괴로움도 공부가 돼요. 잃는 건 없어요."

음악 취향

남자 대학 동기는 지나가는 말로 한 게 아니라 진짜로 아는 형을 소개해주었어. 막상 그렇게 되자 당신 생각을 지워내기가 어렵다면 다른 것으로 덮어서라도 얼마간 밀어낼 수 있지 않을까 싶었어.

아무 기대도 없어서였을까. 소개받은 남자의 첫인상은 나쁘지 않았어. 저녁도 그럭저럭 맛있게 먹었어. 그런데 차를 마시면서부터 뱃멀미를 하는 것처럼 속이 울렁거렸어. 남자가 자기 이야기를 하는데, 하나도 관심이 가지 않았거든. 세상만사를 거침없이 자기편으로 만들어간 이력을 피력하는 그의 매끄러운 자신감에 위화감을 느꼈어. 대신 그만큼 당신이 내비치던 불안과 흔들림이 인간적이고 소중하게 느껴졌어. 남자가 내뱉는 한마디 한마디가 어찌나 거북하던지…. 덕분에 당신이 내게 얼마나 깊이 스며들어 있었는지 깨달았어. 참 이상하지? 내 앞에 있는 당신은 늘 어렵고 이질적인 존재였는데.

남자가 자신의 성장기 무렵 무용담을 마치고 나서 국제 정세와 금융에 관한 꽤 탁월한 견해를 제시한 후에 지난겨울 휴가 때 캐나다 휘슬러로 스키 타러 갔던 얘기로 넘어갈 즈음에는 그 입을 틀어막고 싶었지.

그래서 남자에게 느닷없이 물었어. 어떤 음악을 좋아하냐고.

"딱히 가리는 것 없이 두루두루 들어요."

그는 가지런한 흰 치아를 드러내며 자신의 편향되지 않은 취향을 자랑스러운 듯 말했어.

"그럼 클래식 음악도 좋아하세요?"
"음, 그런데 클래식 음악은 좀 졸리지 않나요. 재즈는 가끔 듣지만…."

시선을 피하며 얼버무리듯 대답하는 것을 듣자니

'가리지 않고 두루두루 듣는다'의 속뜻은 음악을 딱히 좋아하지 않는다는 거였어. 한편으로는 클래식 음악의 품위나 권위 같은 것을 가볍게 무시하는 그의 대답이 후련하기도 했어. 당신은 이런 종류의 남자가 동시대에, 가까운 곳에 버젓이 공존하고 있다는 걸 인정하고 싶지 않겠지만.

"피아노 연주곡은요? 글렌 굴드의 바흐 정도면 괜찮지 않나요? 저는 좋아하는데."

"아, 글렌 굴드? 알죠, 알죠. 들어봤어요."

모르는 게 없어 보이는 이 남자가 문득 가엾게 느껴졌어.

"글렌 굴드는 쉰 살이 넘으면 피아노를 그만 칠 거라고 입버릇처럼 말하고 다녔대요. 건강염려증이 심했거든요."

남자는 고개를 끄덕이며 어색하게 눈을 깜빡였어.

"그런데 실제로 50번째 생일을 치르고 열흘 뒤에 뇌졸중으로 죽었대요. 정말 대단하죠?"

어디가 어떻게 대단한 건지, 적절한 반응을 찾지 못한 남자는 헛웃음을 지으며 아랫입술을 적셨어. 화제를 바꿔보려는 그를 무시한 채 나는 당신이 내게 읽어보라고 권해준 글렌 굴드 평전에 나온 여러 가지 엽기적인 이야기들로 한동안 대화를 일방적으로 이어갔어.

남자는 사실 아무 죄가 없었는데.

마
침
표

죄 없는 한 남자를 소개받은 이후 보름 정도가 지난 어느 토요일 늦은 오후에, 무더위는 여전했지만 다리가 저리도록 동네 산책을 하다가 문득 지금 상태에서 내가 할 수 있는 건 아무것도 없다는 깨달음에 이르렀어. 시간을 뒀다가 내가 먼저 연락해야 할지, 화를 퍼부어서 당신을 자극해야 할지를 초조하게 고민하는 것 자체가 소용이 없다는 거지. 그리고 '할 수 있는 게 아무것도 없다'는 건 차라리 구원이었어. 생각이 거기까지 미치자 오랜만에 평화가 찾아왔어. 다시 말해 내가 뭔가를 해야 하는 상황인데 안 하거나 못 하고 있다는 불안감과 무력감에서 해방된 거지. 결정권은 내내 당신이 쥐고 있었잖아. 내.가.할.수.있.는.건.아.무.것.도.없.었.어.

더 이상 당신의 모호한 침묵을 견딜 필요가 없다는 걸 알았으니 길모퉁이에 멈춰 서서 당신에게 전화를 걸었지. 나는 당신이 피하거나 머뭇거리거나 주저하는 톤으로 받을 줄 알았는데 예상과는 달리 무척

놀랍다는 말투였어. 마치 오랫동안 보지 못한, 잊고 있던, 반가우면서도 조금 부담되는 친구의 연락을 받은 사람처럼. 당신은 '무슨 일이냐'고 마치 생경한 남의 일인 양 물었고, 나는 결코 '만나서 얘기하자' 같은 꼼수는 쓰지 않았어.

나는 빨리 결론을 지어주면 좋겠다고 말했어. 이 모든 게 고문 같으니까, 라고 덧붙이지는 않았지만. 예상한 대로 당신에게 이별의 말을 받아내는 데 바로 성공했어. 전혀 어려운 일이 아니었지. 반전은 없었어. 그래도 간신히 잔혹한 희망 고문에서 빠져나올 수가 있었지. 어떤 형태로든 결론이 나서 다행이라고 생각했어. 그래, 모호한 보류 상태보다는 완전한 이별이 낫지. 결론이 났으니 바로 전화를 끊어도 됐는데, 갑자기 울화가 턱 밑까지 차올랐어. 잔인해도 좋으니 진실이든 변명이든 핑계든 제대로 된 설명을 해달라고 요구했어. 아니, 부탁했어. 대체 왜 그랬는지. 절대 추궁하려던 게 아니야. 나는 납득하고 싶었거든. 당신이라는 사람을 마지막까지 이해하고 싶었던 거야.

"지금 연습하던 중이라… 일단 마저 연습할게요."

전혀 예상도 하지 못한 당신의 대답에 다리가 후들거리고 모멸감이 몰려왔어. 나는 손을 벌벌 떨면서도 그래요, 라고 해야 할지, 연습 잘해요, 라고 해야 할지를 시답잖게 고민하고 있디라? 겨우 꾹 침고 아무 대꾸도 하지 않았어. 물론 당신은 피아노 연습을 영원히 끝내지 못했지.

o

넋이 나간 채로 가만히 서 있다가 고개를 들어보니 어느새 땅거미가 내려앉고 있었어. 완전히 어두워지기 전에 어서 집으로, 환한 불빛이 있는 곳으로 돌아가고 싶었어. 아직도 밤에는 후덥지근하기도 했고. 그런데 늘 지나쳐만 다니던 상가 건물 1층의 타로점

집 불빛에 홀렸어. 처음 와본 티가 났던지, 내가 머뭇거리니까 점술사는 타로 카드를 뒤집어 펼쳐놓으면서 부담 갖지 말고 원 셔플, 그러니까 지금 궁금한 질문 하나만 해보라고 했어. 내 질문은 '그 사람과 다시 만나게 될까요?'였고, 점술사는 내게 카드 석 장을 뽑아보라고 했지. 점술사는 내 카드를 보더니 한 장 한 장 펼치면서 만면에 미소를 머금었어.

"이것 좀 보세요."

점술사는 내가 뽑은 타로 카드에 그려진 장미꽃밭과 마법사, 별과 노를 젓는 배 등을 가리키면서 그것들이 사랑과 단호함의 상징들이라고 했고, 내가 분명히 그 사람과 다시 만나게 될 거라고 호언장담했어. 그럴 일은 절대 없다는 걸 뻔히 알면서도 얼마나 기쁘고 가슴이 부풀어 오르던지. 집까지 걸어오는 발걸음이 가벼워지고 입술도 분명 웃고 있었는데, 이상하지. 눈은 자꾸만 시큰거렸어.

출
혈

흐릿한 희망 고문이 선명한 이별로 결론 나면 후련할 줄 알았는데, 날카로운 비수에 찔린 심장에선 콸콸 피가 쏟아져 나왔어. 당분간 만나지 말자는 말의 모호한 가능성을 끌어안고 있는 편이 더 고통스러운지, 아니면 더 이상 보지 말자는 이별을 정확하게 선고받는 쪽이 더 고통스러운지 점점 더 알 수가 없었어. 한 종류의 고통이 그저 다른 종류의 고통으로 대체될 뿐이었어. 하지만 나는 현실에서 일어난 일을 담담히 받아들이기로 했지. 마주하는 현실의 문제들은 대체로 잘 수용하는 편이라고 내가 말했던가.

실연의 고통에서 벗어나는 가장 좋은 방법은 실연의 고통에서 애써 벗어나려고 안간힘을 쓰지 않는 거라고들 하더라. 오히려 그 속에 푹 침잠해 영원해 보일 것 같은 슬픔에 몸을 맡기고 자기 연민이든 상대를 향한 원망이든 질릴 때까지 붙들고 가라고. 이제 그만하면 됐다 싶을 때까지 바닥을 쳐야 비로소 상처가 아물기 시작한다고. 현실의 고통과 슬픔을 모른 척, 못 본 척하면 그 상처에선 계속 피가 흐르게 될 거라며. 말은 그럴싸했어. 하지만 그 슬픔과 고통을 있는 그대로 다 떠안는다면 나는 가루처럼 부서져서 스스로에게 무슨 짓을 할지 알 수 없었어. 나는 어떻게든 일단 도망가야만 했어. 그렇게 안간힘을 다해 하루하루를, 아니 한 시간 한 시간을 당장 흘려보내는 일이 시급했어. 시간의 힘 말고는 믿을 것이 없었어.

첫 사흘간은 온 힘을 다해 다른 일에 신경을 분산시키려고 애썼어. 당신을 연상시키는 모든 것을 의식적으로 피했지. 고궁 산책도 안 하고, 사장님이 엘피판을 틀어주던 작은 카페도, 당신의 스튜디오가 있던 오피스텔 길도 모조리 피해 다녔어. 그러나 불시에 끼어드는 것들은 나도 어쩔 도리가 없었어. 늦게까지 야근을 하고 돌아가는 콜택시에서 흘러나오던 라흐마니노프. 기사님이 원체 얌전하게 운전하면서 음악을 음미하고 계셔서 도저히 꺼달라고 할 수가 없었어. 동네 산책을 하는데 불쑥 흘러나오는 서툰 피아노 소리. 통유리창 너머로 교습소 선생님 앞에서 아이가 피아노를 치고 있었어. 이 세상이 원래 이토록 많은 피아노 소리로 채워져 있었던가.

　　고작 나흘째 되던 날, 안간힘은 사라지고 나는 돌연 무너져 내렸어. 심장에서 터져 나오는 핏덩이가 지혈이 안 돼 이대로 가다간 미쳐버리거나 죽거나 둘 중 하나일 것 같아 또다시 한밤중에 혼자 응급실로 향했어. 너스 스테이션의 잡다한 소음이 하나도 귀에 들려오지 않았어. 보호자 없이 혼자 온 환자에게 향하는 안쓰러운 시선도 눈에 들어오지 않았어. 나는 그저 살아야겠다고 생각했어. 그날은 연일 계속된 열대야로 푹푹 찌던 날이어서 대기실에 온갖 땀 냄새가 진동했어. 지난번처럼 진료가 후순위로 밀리자 이번에는 살려달라고 응급실 접수처에 대고 울부짖다시피 애원했어.

○

　괜찮은 척의 한계치에 다다르자 더 이상 괜찮은
척을 할 수가 없었어. 아니 지금까지 알량하게 그래
왔던 것을 후회했어. 괜찮은 척은 고통에서 빠져나
오는 시간만 늦출 뿐이었어. 사람들이 보통 하는 말
들—그런 말들이 괜히 나온 게 아니었어. 그들도 겪
어보았던 거야!

　나의 하루 일과는 내가 전날에 보낸 메일을 당신
이 밤사이에 열어보았는지 확인하는 것으로 시작했
어. 어떤 제목으로 이메일을 보내든 간에 당신은 끝
내 단 한 번도 열어보지 않았지. 피아니스트들이 연
습하며 쌓아온 남다른 인내심의 재능을 내가 너무 간
과했던 것 같아. 한 달 후쯤 내가 보낸 메일들을 다시
읽어보았는데 메일 속 나는 살짝 미친 사람처럼 당신
에게 미움을 퍼붓고 있더라. 그건 나이기도 했고 내
가 아니기도 했어. 가을 학기가 시작되어 당신이 있

는 대학에도 불쑥불쑥 찾아갔어. 다행인지 불행인지 당신은 매번 학교에 없었어. 해가 진 후에는 당신에게 전화를 걸었어. 전화를 받지 않아 음성 사서함으로 연결된다는 멘트가 나올 때까지 전화기를 붙들고 있었지. 돌이켜보면 당신이 받지 않는다는 걸 알고 있어서 안심하고 그렇게 할 수 있었던 것 같아. 소위 이런 행위들을 두고 세간에서는 '질척인다'고들 하지? 그래도 스스로를 나무라거나 제어하지 않았어. 내가 살기 위해서 뭐라도 해야만 했어. 그렇게 하루하루 탁상 달력의 날짜를 ×표로 지워갔어.

○

광화문엔 징글징글하게 사람들이 많은 것 같아. 특히 선선한 가을날엔.

당신이 더 이상, 아니 꽤 예전부터 이곳에 올 일이 없다는 것을 알고 있으면서도 어쩌다 당신과 비슷한 그림자, 당신처럼 피부가 하얗거나 앞머리가 긴 남자를 지나칠 때마다 흠칫 놀라서 몸이 얼어붙었어. 급기야는 광화문 광장 분수대 옆 녹색 철제 의자에 앉아 있는 당신을 발견했지. 심장이 쿵쾅쿵쾅 뛰는 동시에 다리 힘이 쭉 빠졌어. 그런데 멍청한 내가 어떻게 했는지 알아? 당신과 눈이 마주칠까 봐 얼른 세종문화회관 미술관 입구 안으로 도망치고 말았어. 미술관 앞 로비에서 가슴을 쓸어내리면서 마음을 진정시켰는데 이내 내가 무슨 바보 같은 짓을 한 거지 싶어 밖으로 달려 나갔어. 당신은 이미 아까 있던 자리에 없었는데, 이 역시도 돌이켜보면 난 당신이 없을 걸 알고서 다시 찾아간 것 같기도 했어. 나는 당신이 앉아 있던, 하지만 이제는 비어 있는 그 평범한 녹색 철제 의자에 한참을 멍하니 앉아 있다가 돌아갔어.

다음 날, 드물게 당신의 소셜미디어가 업데이트되어 있었어. 전날 그 시각에 당신은 오스트리아 빈에 있었더군.

그리워하지 않을 것처럼

유엔 본부로 출장을 가는 뉴욕행 비행기 안이었어. 장거리 비행에 지쳐 앞쪽 좌석에서 일어나 파티션 커튼을 젖히고 기내 맨 끝자리까지 살금살금 걸어갔어. 저녁 식사를 마치자 기내의 불이 꺼졌고 대부분의 사람들이 담요를 덮은 채 잠을 청했지. 당신은 기내 화장실 칸 바로 앞자리에 있었어. 저녁 식사를 꽤 배불리 먹었나 봐. 트레이의 모든 플라스틱 접시늘이 깨끗이 비워져 있었지. 와인도 마시고 커피도 마시고 물도 주스도 골고루 다 주는 대로 마셨는지 음식 찌꺼기가 붙은 컵들이 누가 지나가면서 툭 건드리기라도 하면 바로 바닥에 떨어질 것처럼 겹겹이 아슬아슬하게 쌓여 있었어. 당신은 살도 덥수룩하게 올라 있었어. 이어폰을 꽂은 채 방심한 표정으로 잠에 취해 있었는데, 독서 등은 왜 켜놓고 자는 거야… 이중 턱과 목주름 사이에 음료수 자국이 빛에 반사되어 번쩍이고 있잖아. 어울리지도 않는 회색 슈트는 대체 왜 입고 있는 거야…. 이런 당신을 피아니스트로 볼 사람은 절대 없을 거야.

대학교 대표번호로 전화를 걸었더니 행정실로 문의하라며 내선 번호로 돌려주었는데 매번 도중에 전화가 끊겼어. 홈페이지도 제대로 관리되고 있지 않았어. 걱정되고 불안한 마음에 나는 오랜만에 당신이 있는 대학교로 무턱대고 찾아갔어. 음악대학 건물로 바로 향했고 복도를 거닐면서 모든 연구실의 이름표를 확인해보았어. 당신의 이름은 어느 방에도 붙어있지 않았어. 마침 음악대학 학생들이 까르르르 웃으며 복도에서 걸어오고 있었고 나는 학생들을 붙들고 당신의 행방을 수소문했지만 그들은 나를 무시하고 지나쳐 갔어.

이런 꿈들을 꿀 때마다 나는 울면서 눈을 떴어. 꿈이어서 다행이라는 안도의 눈물이었는지, 아니면 당신이 가장 소중해하던 것을 빼앗긴 데에 내심 기분이 좋아서 그게 미안해서인지, 아니면 그저 당신이 너무 보고 싶어서인지 알 수 없었어. 눅진하게 처진 몸으로 눈이 떠지면 '피아노를 치지 않으면 더 이상 내가 누군지 모르겠다'고 울적해하던 남자를, '음악에 대해 정말로 뭘 아는 사람은 극소수일 뿐'이라던 남자를 사랑하는 일을 멈출 수가 없겠다는 절망감이 덮쳐왔어. 이 마음은 앞으로도 영영 변하지 않을 것 같았고, 사랑은 언젠가 반드시 끝난다는 세간의 이야기는 믿기 어려웠어.

　그동안 잊고 있던 슈만 플레이리스트를 이제 그만 휴대폰에서 지우기로 했어. 당신이 만들어 준 다른 플레이리스트들은 이미 거의 다 지웠어. 쇼팽이나 브람스 선곡도 너무 좋았지만 다 지웠어. 그런데 슈만 플레이리스트는 아직 지우지 못하고 있었어. 들으면 들을수록 당신은 슈만 같은 사람이었구나, 하고 뒤늦게 알게 되어서. 지우려고 손을 댔다가 플레이리스트의 마지막 곡 〈유령 변주곡〉이 제멋대로 흘러나왔어. 슈만은 그 곡의 주제를 두고 꿈속에서 천사들이 불러준 노래를 받아 적은 것이라 했지만, 사람들은 그가 말년에 정신병원에서 의식 없이 쓴 것일 뿐

이라고 소곤거렸다지? 당신은 이 곡의 특별함을 이해
시키려고 부단히 애썼지만 나한테는 내내 난해하기
만 했어. 이젠 다시는 들을 일이 없겠지.

시간의 작용

그로부터 몇 달은 내 기억 속에서 블랙아웃 상태로 남아 있어. 집과 회사를 오간 것 말고는 없었던 것 같아. 다행히 일이 많이 바빴고. 심장은 덕지덕지 기워낸 누더기가 되었지만 적어도 더 이상 피가 흐르는 일은 없었어.

망
각

마음의 평온을 그토록 바랐건만 막상 그것이 차츰 내 것이 되어가자 당황스러웠어. 부어오른 심장이 가라앉고 열이 내려가고 시야가 맑아졌지만 앞에 보이는 것은 푸석푸석한 일상이었어. 납덩어리 하나가 내 몸에서 빠져나갔지만 대신 텅 빈 감각이 속에서 서걱거려 한동안 몸에 힘이 없었지. 겨울 코트를 꺼낼 즈음 나는 다시 완전히 혼자가 되어갔어.

지난 1년 동안 내가 겪었던 일들은 무엇이었을까.

희한한 게 뭔지 알아? 당신이 너무 미웠는데, 정작 왜 그렇게 힘들어했는지를 도통 모르겠다는 거야. 당신은⋯ 당신대로 최선을 다했던 것 같아. 당신을 떠올리면 어떤 희미한 빛이 내 마음속에 잔잔히 아른거려. 이젠 당신이 밉지 않아.

정말이야.

수양벚꽃나무

그날은 우리 부처의 사무관 생일이어서 점심을 다 같이 먹기로 했어. 바람이 부드럽고 따스한 게 완연한 봄 날씨였지. 조금 먼 브런치 식당까지 걸어갔고, 날이 화창해서 테라스에 테이블 두 개를 붙여 빙 둘러앉았어. 대화 중에 '누군가가 열애 중'이라는 소식을 들었고, 나는 잠시 생각에 잠겼어. 식사를 마치고 나서 동료 중 하나가 지금 봄꽃들이 한창 예쁠 때니 넉수궁 산책을 하자고 제안했어. 나는 그 후로 간적이 없었고 피하고도 싶었지만 혼자만 빠져나올 핑계가 마땅치가 않았어. 실은 조금 궁금하기도 했어. 그곳에 가도 이젠 정말 마음이 괜찮을지.

덕수궁의 점심은 인근 직장인들과 외국인 관광객들, 그리고 어린이집 꼬맹이들까지 합세해서 시끌시끌했어. 입구를 통과해 가로수를 지나 덕수궁 미술관 앞에 다다랐어. 분수 옆의 거대한 수양벚꽃나무가 눈부신 연분홍색으로 만개해 있었어. 사람들은 사진을 찍으려고 그 앞에 줄을 서 있었고, 동료들도 기다렸다가 차례가 되자 서로를 찍어주었지. 과장님도 서보세요, 찍어드릴게요. 동료 하나가 저만치서 손짓하며 불렀지만 나는 고개를 저었어.

"덕수궁 수양벚꽃나무가 만개할 때 같이 다시 와요. 그 앞에서 근사하게 사진 찍어줄게요."

귀가 갑자기 먹먹해지면서 당신의 부드러운 목소리가 메아리처럼 귓가에 맴돌았어. 동료들은 벚꽃 사진을 충분히 찍었는지 이제 그만 가자는 눈치였어.

"나도 사진 찍을래요."

어느새 나는 동료들에게 내 마음이 바뀐 것을 알리고 있었어. 나는 수양벚꽃나무 앞에 서서 허리를 쭉 펴고 활짝 미소를 지어 보였어. 눈부시게 아름답던 벚꽃나무는 분명 등 뒤에 있었는데, 왜 내 눈이 그토록 시렸을까.

지금 이 상태 그대로의 마음을 남기고 싶었어. 다 하지 못한 말을 하고 싶었어. 정말 좋았던 것, 너무 가슴 쓰라렸던 것, 당신을 속였던 것, 등등. 당신을 본 순간 이제야 찾았다 싶어서, 오래갈 거라고 혹은 영원할 거라고 마음대로 생각해서 순간순간 미처 하지 못했던 말들. 담아둘 수도, 버릴 수도 없었던 말들. 이 말들이 갈 곳은 단 한 곳, 오직 한 사람, 당신, 당신.

내가 좋아하는 영화 〈파이 이야기〉의 마지막 장면에서 남자 주인공이 이런 말을 해.

"인생의 모든 것은 결국 뭔가를 놓아주는 행위가 되는데, 언제나 가장 가슴 아픈 것은 작별 인사를 할 기회조차 가지지 못한다는 거예요.(I suppose in the end, the whole of life becomes an act of letting go, but what always hurts the most is not taking a moment to say goodbye.)"

나는 당신에게 제대로 작별을 고하고 싶었어.

그게 다야.

작가의 말

깊은 상처는 오직 내가 깊이 사랑했던 사람만이 줄 수 있다. 그리고 그가 내게 깊은 상처를 주었기 때문에 우리는 그 사람에 대해 글이 쓰고 싶어진다. 사랑하는 사람에 대해 글을 쓰는 일은 벅차게 행복한 일이겠지만, 내게 상처를 준―그리고 내가 사랑했던―사람에 대해 글을 쓰는 일은 보다 간절하고 절박한 과업일 것이다.

사랑받고 있다는 확신이 들면 자기 마음을 자유롭게 표현할 수 있을까? 확신이 없을 때는 물론 어려울 것이다. 하지만 사실 사랑에 확신이 있어도 그렇다. 자기 마음을 자유롭게 표현할 수 있는 것은 어디까지나 내가 상대를 덜 사랑할 때만 가능한 일이 아닐까. 내가 상대를 많이 좋아하면 어쩐지 내가 늘 더 그를 좋아하는 것 같은 기분이 들고, 그러다 보면 그 앞에서 한없이 작아진다. 하고 싶지만 못 하는 말이 생기고, 하기 싫지만 해야 하는 말을 의식하기 시작한다. 진심을 드러내는 일은 불가능한 모험처럼 여겨지고, 도중에 상처를 작게라도 한번 받으면 자발적으로 눌변이 되어간다.

그렇게 차마 상대에게 하지 못한 말들은 글이 되어 겨우 숨을 내쉰다. 《다 하지 못한 말》의 여자 주인공 '나'도 두려움 때문에 말을 아끼고, 어쩔 줄 모르는 고통 때문에 편지인지, 일기인지, 혹은 단순히 혼잣말인지 모를 글을 쓴다. 그것이 무엇이든 상대는 그 글을 받아 볼 필요는 없다. 이는 사랑에 빠지고 상처를 입은 이가 스스로를 구하기 위해 할 수 있는 몸부림일 뿐이니까. 만나는 동안 미처 하지 못했던 말들과 헤어졌지만 여전히 사랑하는 상태에서 속으로 품은 말들. 그 넘치도록 많은 감정과 복잡한 생각들을 안간힘을 써서 글로 풀어내 마침내 상대를 내 마음에서 떠나보내기 위한 마지막 의식을 치른다. 적어도 쓰고 있는 동안에는 그 사람이 여전히 어딘가 가까이에 살아 숨 쉬는 것 같은 착각에 겨우 고통의 시간을 버티기도 한다.

…여기까지 써놓고는 자신이 쓴 소설을 이렇게 '해설'하고 주인공을 '변호'하는 내가 참 구차하다고 생각한다. 하지만 사랑을 한 여자 주인공 '나'에겐 상처가 남았고, 그 상처만큼은 저자로서 도닥여주고 싶었다. 그것은 누구에게나 어떤 상황에서도 견디기 쉽지 않은 일이므로. 그렇다 해도 사랑에는 가해자도 피해자도 없다는 생각엔 변함이 없다. 조금 더 혹은 덜 사랑한 사람이, 조금 먼저 사랑하기를 그만두거나, 사랑하는 마음을 멈추는 데 시간이 좀 더 걸리는 사람이 있을 뿐이다. 고로 소설 속 '당신'은 결코 나쁜 사람이 아니다. 그냥 사랑이라는 게 원래 그런 것 같다. 여전히 잘은 모르지만.

○

어쨌거나 사랑 이야기(혹은 이별 이야기)를 쓰는 일은 무척 쓰라렸다. 퇴고 과정도 다른 소설에 비해 곱절로 힘들었다. 주로 담담하게 관조하는 삼인칭 시점으로 소설을 썼던 터라 일인칭 구어체는 정신적으로 소진되고 감정이입도 심했다. 그래서 수정해야 할 페이지가 열 장 남고… 다섯 장 남고… 마침내 한 장이 남은 걸 보고 이젠 살았다, 이젠 여기서 빠져나갈 수 있다며 다 끝나면 하늘을 펄펄 날아다닐 것 같았는데, 막상 마침표를 찍으니 후련함은커녕 나는 어디로 향해야 할 줄 모르는 마음을 끌어안고 막막해했다. 소설 《파이 이야기》에서 자신을 내내 힘들게 했던 유일한 동승자인 호랑이 '리처드 파커'가 조난 보트에서 구조된 후 혼자 홀연히 사라져버렸을 때 '파이'가 느꼈던 정처 없는 서글픔처럼.

이 마음이야말로 어쩌면 사랑의 마음과 비슷할지도 모르겠다. 사랑으로 행복했던 것만큼 사랑으로 고통을 받으면 그 낙차에 놀라서 그곳에서 빠져나갈 수 있기를 간절히 바라지만 막상 그 고통이 사라지면 마냥 기분이 좋지만도 않다. 상처가 회복되기를 바라면서도 완전히 회복되어서 기억조차 남지 않는 건 또

원치 않는 것이다. 세상에, 마음 아픈 것을, 힘겹고 고통스러웠던 감각을 그리워하다니!

그래서 그 시점에 이 글이 책으로 나오는 것은 구원이다. 이 글은, 이 사랑은, 이 고통은 이제 더 이상 '나'만의 것이 아니게 된다. 당신이 그 기쁨과 슬픔을 함께 나누어 줄 수 있을지 나는 조심스레 눈치를 살핀다. 이 책을 집어 든 당신이 아마도 사랑을 겪어 본 사람—다시 말해 사랑으로 인해 고통을 받아본 사람—이라는 것을 나는 알 것 같다.

책을 쓰는 동안 속 깊은 친구들이 곁을 지켜주어 덜 외로웠다. 피아니스트 김송현은 보스턴과 서울을 오가며 클래식 음악과 피아노에 대한 이야기를 다정하게 나눠주었다. 광화문에서 직장을 다니는 심미은과는 점심시간에 자주 만나 일과 사랑에 관한 이야기를 한 시간 꽉꽉 채워 나누고 헤어졌다. 김송현과 심미은, 두 사람의 섬세한 조언에 깊은 감사의 말을 전한다. 내 책의 오랜 독자이자 러너 동기, 그리고 같은 여성으로서 감정이입하며 이 책의 초고를 마음 아파하며 읽어준 형태와내용사이의 디자이너 홍지연에게도 고마움이 가득하다.

마지막으로 변함없이 내 책을 읽어주는 독자들에게 사랑을 보낸다. 어수선하게 흔들리는 이 세상에서 묵묵히 내 자리를 지키며 꾸준히 글을 써나가는 것이 독자들을 향한 최선의 사랑이라고 나는 믿지만 굳이 한 번 더 여기서 마음을 표현해본다. 사랑의 말은 아무리 많이 해도 지치지 않으므로.

2024년 2월, 벚꽃을 기다리며
임경선 드림